KB238563

먼저 태어나 조금 더 아팠던 맏딸의 회복기

살다 보면

류지연 지음

FOREST
WHALE

목 차

1장. 없이 태어나, 없이 살아온

2장. 버티고 견뎌온 시간

3장. 75년생 맏이가 역경을 이겨내는 법

4장. 어그러진 관계 회복기

1장.
없이 태어나,
없이 살아온

소고기 미역국   ***

엄마는 말씀하시곤 했다.

"너를 낳고 내가 미역국을 먹었다 내가 미쳤지 너도 딸 낳아서 키워봐."

내 기억의 시작은 동생이 태어난 날부터다. 머릿속 기억을 더듬어 본 그날은 여름 더위가 한창 기승을 부릴 때였다. 한낮 뜨거운 열을 오롯이 받으며 성큼성큼 걷는 삼촌을 따라가느라 뛰듯이 걷는 나는 힘이 들어 잔뜩 성이 나 있었다. 정수리를 내리누르는 빛이 워낙 뜨겁고 밝아 온 세상이 백열등 속에 있는 듯 공기의 색깔은 투명하지 않고 옅은 노란색에 가까웠다.

빨간 반소매, 멜빵 청 반바지, 하얀 운동화, 자로 재어 잘라놓은 것 같은 각진 단발머리를 찰랑거리며 삼촌과 도착한 곳은 처음 보는 마당 넓은 한옥이었다. 마당 가운데 있는 수도 주위에는 하얀 천이 담긴 대야가 여러 개 놓여있었다. 방으로 들어가려면 유리문을 밀어 열고 마루로 올라서야 했다. 긴 마루 한쪽엔 창호지로 발라진 문이 서너 개 있었는데 그중 하나를 열고 들어가니 이불을 덮고 누워있는 엄마가 보였다. 그 모습이 낯설어 냉큼 다가가지 못하고 방 한쪽에 쪼그려 앉았다.

"지연이 왔어?"

하며 반기는 말에 엄마에게 안기려 엉거주춤 일어서려다 외삼촌이 멜빵을 잡아채는 바람에 가까이 가지 못하고 억지로 앉혀졌다. 엄마 옆을 차지하고 있는 조그맣게 말려 있는 이불에는 관심도 없었다. 엄마가 손을 뻗어 그 안의 작은 얼굴을 보여주었을 때도 마찬가지였다. 이 순간이 짧은 행복 긴 고통이 될 세 여자의 첫 만남이었다.

아기와 엄마에게 다가가지도 못하고 한쪽에서 삼촌 눈치만 보고 있었다. 그때 방문이 열리며 할머니 한 분이 상을 들고 들어오셨다. 정신을 번쩍 들게 하는 맛있는 냄새가 자연스레 나를 상 앞으로 이끌었다. 다른 반찬들은 기억나지 않지만 '미역국' 그것만은 선명하게 기억에 남는다. 꺼무스름한 국물에 담겨 금방이라도 풀어질 것 같은 미역, 손으로 잘게 찢어 놓은 고기가 하얀 사기그릇에 가득 담겨 있었다. 나는 먹을 요량으로 숟가락을 들었다. 삼촌은 냉큼 다시 멜빵을 잡아당기며 말했다.

"집에 가자."

생각해 보니 그 멜빵바지의 용도는 옷으로서가 아니라 나의 행동을 제어하기 위한 도구가 아니었을까 싶다. 그즈음 찍은 몇 장 없는 사진 속 입음새는 항상 같았으니 말이다. 물론 가난한 부모가 하루가 다르게 자라는 어린것의 크기를 맞추어 대는 일은 무척이나 고단한 일이었을 테지.

"싫어 안 가."

"너 이러면 엄마 이제 집에 못 가게 한다."

삼촌은 억세게 나를 끌어내었다.

서러움이었다. 발버둥 치며 가지 않겠다고 울었다. 엄마와 떨어져야 해서가 아니었다. 동생이 태어나 내가 받을 사랑을 빼앗길 걱정이 되어서도 아니었다. 너무나 맛있어 보이는 그것을 못 먹게 해서였다. 멀건 미역국이 아니라 고기를 넣어 끓인 국물, 처음 보는 모양의 그것을 못 먹어 억울했다. 혼자 먹으려고 하는 엄마도 얄미웠다. 집으로 돌아가는 내내 울어보았지만, 삼촌에게 어떤 설득의 말도 듣지 못하고 혼만 잔뜩 났다. 그 뒤 한참 동안 내 기억 속 어디에도 그런 미역국은 보이지 않았다. 가난한 집에서 고깃국은 어림도 없었다.

다음날, 엄마는 셋이 누우면 딱 맞는 방 한 칸짜리 집으로 아기를 안고 돌아왔다. 주방도 화장실도 없는 연탄아궁이 위 양은 냄비 하나가 달랑 놓여있는 집으로.

첫 아이를 낳고 병원에서 나온 미역국은 먹을 수 없을 정도로 맛이 없었다. 입맛이 없어 그랬을지 몰라도 손도 대지 않은 채 언제나 그대로 남겨졌다. 집으로 돌아왔을 때, 잘 먹어야 모유가 잘 나온다며 엄마가 끓여준 그것이 가장 맛있었다.

엄마도 이랬을 것이다. 잘 먹어야만 내 아이를 먹일 수 있었을 것이다. 그때 그 고기 육수 진한 미역국은 엄마도 처음 먹어본 것이었을지 모른다. 먹겠다고 달려드는 나를 말리는 삼촌도, 태어난 아기를 위해 본인이 먹어야 했던 엄마도 불편한 맘이 왜 없었겠는가. 삼촌은 먹겠다 조르는 조카보다 아이를 낳느라 고생한 여동생이 더 걱정되었던 것이 분명하다.

난, 요즘도 미역국은 커다란 곰솥에 소고기를 잔뜩
넣어 진한 국물을 우려내고 불린 미역을 길게 넣어
두 시간 이상 푹 끓인다. 귀찮지만 고기는 반드시 손
으로 찢어야 한다. 다른 양념 없이 집간장과 약간의
소금으로만 간을 한다. 그때의 미역국도 이런 맛이었
지 않을까?

가난하고 어린 엄마가 아기를 낳았다. 엄마의 것일
뿐 아니라 아기의 것이기도 했던 그 미역국은 내가
욕심내면 안 되는 것이었다.

남의 집 TV 훔쳐보기   ***

검정 고무신, 안녕 자두야 와 같은 만화를 본 적 있는가?

나의 시대는 이 두 만화 사이사이에 추억으로 묻어 있다. 이 나이가 되어도 내가 이 두 만화를 즐겨 보는 이유가 여기에 있다. 만화를 보며 잊고 있던 것을 생각해 내기도 하고, 풍족하게 살기 좋은 현재를 뒤로 한 채 문득문득 그때가 눈물 날 정도로 그리워지는 경험을 하기도 한다. 만화 속 주인공들과는 달리 우리는 이사를 많이 다녔다. 살림이 좋아져 점점 좋은 곳으로 갔다면 좋았겠지만 그러지는 못했다. 옮겨 다녔던 곳마다 문 하나에 방 하나가 줄줄이 늘어선 곳이었다.

한 번은 주인과 함께 살았던 적이 있다. 좁은 파란색 철 대문을 열고 들어가 계단을 두세 개쯤 내려가면 바로 오른쪽에 문 하나가 있다. 작은 그 문 옆으로 너른 마루로 들어가는 미닫이 유리문이 있었다. 입구에 있는 문이 우리 집이었는데, 그 문 바로 앞이 화장실이었다. 엄마는 주인의 눈치를 보아야 한다는 것과 화장실 냄새로 적잖이 신경이 쓰였을 거였다.

 너른 유리문 안쪽에선 아저씨, 아주머니, 그리고 검은 줄이 그어져 있는 노란색 체육복을 위 아래로 입고 쌍절곤을 연습하던 오빠가 살았다. 나는 좀 크고 나서 그것이 이소룡 흉내였다는 걸 알았다. 주인집은 마루를 중심으로 양옆으로 방이 두 개 있고, 그 마루 가운데 석탄을 태우는 난로가 놓여있었다. 오빠 방에는 TV가 있었는데 오빠도 나를 귀여워했고 나 또한 잘 따르던 터라 가끔 TV를 볼 수 있었다. 주인이 허락하지 않더라도 훔쳐보거나 소리라도 듣기 위해 애썼다. 내 기억에 엄마는 그런 나의 행동을 무척 싫어했다. 혼이 나더라도 TV를 보는 동안은 무서운 엄마의 얼굴은 머릿속에서 사라지기 마련이었다. 나를 혼냈던 이유는 비록 없는 살림이지만 엄마가 가지고 있던 아주 작은 자존심의 표현이었을 지도 모른다. 내가 엄마가 되고 나서 비로소 알게 된 엄마의 마음이었다.

일상이 그렇게 반복되고 있었다. 하루는 주인집 아주머니를 할머니라 부르는 아이들이 왔다. 대문을 열고 들어오면서 우리 집을 기웃거리며 나를 쳐다보는 아이들의 눈은 경계심으로 가득했다. 나 또한 알 수 없는 주눅이 들었다. 그날도 나는 여전히 같은 시간 TV를 보기 위해 자연스레 마루로 올라서고 있었다. 싸늘한 계절이었지만 유리문 안쪽은 석탄 난로의 온기로 훈훈했다. 신발 한쪽을 벗기도 전에 남자아이가 방에서 나와 냅다 소리를 질러 댔다.

"너 누구야? 거지야? 왜 남의 집에 몰래 들어오려고 해?"

상상도 못 했던 말에 얼음처럼 굳어버렸다. 아이는 무서운 눈초리를 남기고 돌아 들어가면서 TV가 있는 방의 문을 닫았다. 제대로 닫히지 않은 방문은 조그만 주먹이 들어갈 정도로 열려 있었다. 서슬 퍼런 아이의 고함에 포기할 만도 했지만, 그 좁은 틈으로라도 TV를 보고 싶어 신발도 벗지 않은 두 발은 마루 끝에 걸쳐 놓고 두 손으로 몸을 지탱하며 조금 열린 문 쪽으로 최대한 목을 빼내었다.

그 순간이었다. 오른쪽 손등에 느껴지는 말로 표현

할 수 없는 고통. 그 고통은 강아지에게 종아리를 물렸을 때보다 따가웠고, 넘어져서 턱이 찢어졌을 때보다 더 뜨거웠다. 엄마가 혼을 낼 때보다 더 가슴이 두근거렸다. 예상치 못한 일이라 울음이 나오지도 않았다. 난로에서 방금 꺼낸 타다 남은 석탄에 내 손등이 닿아 버린 것이다.

고통의 실체를 눈으로 확인하고 난 후에 비명에 가까운 울음이 터졌다. 오빠와 엄마가 동시에 나를 향해 오는 것이 보였다. 엄마의 얼굴은 화가 난 건지 우는 건지 알 수 없었다. 오빠는 당황하여 허둥대고 있었고, 그 와중에도 두 아이는 별일 아니라는 듯 다시 TV로 눈을 돌렸다. 엄마는 수도 옆 반쯤 얼어버린 대야 속 물에 내 손을 넣었다. 뜨거워서 아픈 건지 차가워서 아픈 건지 구분할 수 없었다. 내 등을 몇대 내려치는 것으로 엄마는 속상함을 표현하고 있었다.

병원은 가지 않았다. 주인집 오빠가 약국에서 진득진득한 액체가 잔뜩 묻은 거즈를 사다 주었다. 얼마나 그것을 붙이고 다녔는지는 기억나지 않는다.

그 밤 퇴근한 아빠는 붕대로 둘둘 말린 내 오른손을 보고 엄마에게 크게 화를 내셨다.

나의 오른쪽 손등 위엔 500원짜리 동전 크기의 화상 흉터가 두 개 있다. 어린 시절엔 오른손을 남에게 보이는 것이 싫었다. 곱지 않은 손이 부끄러워서.

자라면서 흉터도 같이 자라 넓어지고 흐려졌다. 흉터는 엄마의 슬픈 눈, 아빠의 화난 목소리를 기억나게 하는 흔적이 되어버렸다.

가난해서 더 정 많은 사람들　　　***

지독하게 가난한 사람들이 모여 살았다. 화장실도 없고 씻을만한 공간도 없었다. 방 하나짜리 집이 조금의 공간도 없이 다닥다닥 붙어있다. 한쪽에서 보면 4층인 것도 같고, 다른 쪽에서 보면 5층처럼 보이는 시장 상가 건물. 위에서 보면 2층 중심부를 차지하고 있던 공중화장실을 기준으로 돌아가는 뫼비우스 띠처럼 보였다.

"지연 엄마, 경철 엄마, 점심 먹자."

선미 엄마는 방문만 빼꼼히 열어 나오지는 않고 그 안에 앉아 소리친다. 방 안에서 불러도 사방 수십 미터는 건물을 돌아 울리는 그 목소리가 들리지 싶다.

"선미 언니, 우리 집은 오늘 먹을 반찬이 별로 없네. 고추나 된장에 찍어 먹을까?"

엄마가 대답하고 이어 경철 엄마가

“나 어제 오이 김치 담가서 아이스박스에 넣어 놨는데 익었으려나.”

이곳에 냉장고가 있는 집은 드물었다. 아이스박스의 크기로 그 집에 먹을거리가 얼마나 있는지 가늠할수 있다. 문 앞에 곤로, 파란색과 흰색이 어우러진 무늬의 아이스박스가 항상 놓여있어도 손 타는 일 한번 없었다. 서로의 사정을 너무 잘 아는 가난한 사람들끼리의 의리였을 것이다.

“희정 엄마야, 너희 오이지 맛있게 익었더라. 그거 큼지막하게 썰어서 고추 넣고 물 부어 먹으면 시원하겠지.”

선미 엄마가 다시 소리쳤다.

“지연아, 가서 뚱뚱이 할머니 모시고 와. 점심 드시라고.”

엄마의 말에 몸이 꼬인다. 나는 뚱뚱이 할머니 남편 뚱뚱이 할아버지를 무서워했다. 할머니네로 심부름을 시킬 때마다 입이 저도 모르게 쭉 나온다. 슬리퍼를 끌고 가 할머니 집 멀찍이 서서는

“할머니, 엄마가 점심 드시래요.”

소리치듯이 말하고, 뒤도 돌아보지 않고 점심상이

차려진 곳으로 내 뛰었다.

"이놈의 새끼들, 시끄러워 죽겠네. 저리 꺼지지 못해."

커다란 몸집에 굵은 목소리, 효자손을 항상 들고 다니시며 아이들만 보면 소리치고 쫓아내는 할아버지를 마주치지 않기 위해서였다.

2층 너른 공터에 펼쳐 놓은 돗자리는 마치 시골 마당 평상과 같은 역할을 했다. 이 여름 점심은 적게는 다섯 집 많이 모이면 일곱 집 이상이 모여 같이 먹는다. 여름 방학이면 아이들까지 모이니 마치 매일 잔칫날 같았다. 한 집에서 하나씩 가지고 나오는 먹을거리들을 모아 놓으면 푸짐해 보이기는 하지만, 가난한 자들의 그것은 언제나 푸르렀다.

오이, 상추, 열무, 고추, 콩나물, 두부, 호박 넣은 된장국, 숟가락으로 긁어 껍질 벗겨 삶아낸 감자. 온통 이런 제철 푸성귀이지만 모두 둘러앉아 먹으면 그 맛이 꿀맛이다. 큰 그릇 안에 담긴 오이지 국물에 숟가락이 섞이는 것도 개의치 않았다. 달걀이나 고기반찬은 이 점심 잔칫상엔 절대 나오지 않는다. 나올 수 없다. 제 식구 먹이기도 부족했다.

반찬 투정하는 아이 하나 없었다. 물 부은 밥과 오이

지 한쪽이면 맛있게 먹었다.

매일 있는 이 모임은 동네 소문을 들을 수 있는 원천이 되기도 했다.

"수아네 소문 들었어?"

"이발소 종업원 김 군은 간질 환자라네."

"미자네 큰아들 엄마 속 너무 썩여 언제 정신 차릴지."

이런 말들이 오고 가다 보니 원치 않은 싸움의 발상지가 되기도 했다.

어른들은 눈치채지 못했다. 아이들이 못 들은 척 딴 짓을 하는 것 같았지만 그곳에서 듣는 이야기로 얼마나 많은 상상, 고민, 가끔은 두려움을 가지고 자기들끼리 소곤거렸는지 말이다.

가난한 그래서 더 정 많은 그런 사람들이 모여 사는 곳. 지저분하고 어두운 그 건물에 나는 한참을 살았다. 모두가 이모였고, 모두가 언니, 오빠였다. 하늘이 무너질 것 같은 가난에 엄마가 우리를 포기하고 잠깐 떠나 있었을 때도 그들이 어린 나와 동생의 보호자였다. 가난이 가난을 도와 살고 있었다. 종종 싸움도 있었지만, 그들은 먼 친척보다 가까운 가족이었다.

어두운 공중화장실 가는 것을 무서워했고, 자주 씻

지 못해도 나는 가난하다고 생각하지 않았다. 누구나
다 이렇게 사는 줄 알았다.

지 못해도 나는 가난하다고 생각하지 않았다. 누구나
다 이렇게 사는 줄 알았다.

처음 구경한 피아노　　　　***

"지연아, 아니야 아니야 533, 422, 1234555, 라고 몇 번을 말해. 솔미미 파레레 도레미파솔솔솔 이라고."

마치 진짜 피아노 선생이라도 된 듯, 수아는 빨간 색 연필을 들어 건반 위를 방황하고 있는 나의 짧고 통통한 손가락을 툭툭 치며 나무라고 있었다. 수아의 답답함 가득 담긴 목소리가 창문 너머까지 들렸을지도 모르겠다. 나도 속상하긴 마찬가지였다.

"내 손가락이 내 말을 안 듣는다고."

초등학교 3학년 봄과 여름 사이. 동갑내기 수아가 이 건물에 나타났다. 수아는 엄마와 둘이 살았다. 얼마 없는 이삿짐 사이에서 나의 눈을 사로잡은 건 바로 피아노였다. 너비는 나의 키만 했고, 폭은 좁았다. 높이는 내가 서면 허리보다 좀 높았을까? 나무 뚜껑이 덮고 있는 피아노를 좁은 계단을 통해 옮기느라 아저씨들은 애를 쓰고 있었다. 전화기, 냉장고, 세탁기가 있는 집은 간혹 보았지만, 이 건물에서 피아노 있는 집은 처음이었다. 세탁기와 냉장고도 집 안에 넣어 둘 공간이 없어 천막을 치고 밖에 두어야 하는 형편이었는데, 수아는 다른 건 없어도 피아노는 있었다. 수아를 보는 나의 마음은 동네 아이들을 보는 것과 달랐다. 친구가 되고 싶다는 생각보다 저 피아노를 만져 보고 싶다는 맘이 더 간절했다.

수아 엄마는 이 건물과 어울리지 않았다. 화려한 꽃무의의 고무줄 치마가 아닌 종아리까지 내려오는 옆이 약간 트인 검은색 좁은 치마, 긴 머리를 말아 올리거나 짧게 한 파마가 아닌 단발 생머리, 발등까지 덮고 있는 고무 슬리퍼가 아닌 낮은 굽이 있는 발가락이 보이는 슬리퍼를 신고 있었다. 엄마를 닮아 수아도 그렇다. 다르다. 부러웠다. 수아 옆에 있으면 난 살찐 원숭이처럼 보였을 것이다.

이 건물에 사는 아이들은 모두 같은 초등학교에 다닌다. 아침이면 썰물 빠지듯 아이들이 사라진다. 수아도 같은 초등학교로 전학을 왔다. 우리는 빠르게 친해졌다. 수아 엄마는 일 때문에 집을 자주 비웠다. 혼자인 수아는 종종 나를 불러 같이 잠을 자곤 했다. 나는 그런 날들이 좋았다. 4명이 같은 방에서 자다 수아와 둘이 온 방을 차지하고 굴러다니며 잘 수 있다는 것이 마냥 좋았다. 엄마 없이 밤을 보내야 하는 수아의 처지는 나에게 아무런 상관이 없었다. 오히려 수아가 혼자 자는 날을 손꼽아 기다렸다. 수아는 혼자 밥을 해 먹고, 어른이 없어도 일찍 일어나 학교도 잘 다녔다. 엄마가 없는 밤에도 언제나 의젓했다. 하루는

"수아야, 나 피아노 좀 가르쳐 줘."

수아는 바로 그러자고 했다. 처음 배운 곡이 솔솔라라 솔솔미로 시작되는 '학교 종이 땡땡땡'이었다. '젓가락 행진곡'의 일부, '엘리제를 위하여'의 한 부분을 배우면서 나도 피아노를 제대로 배우고 싶었다. 주변에 피아노를 배우는 아이는 없었다. 피아노 학원뿐 아니라 다른 학원에 다니는 아이도 없었다. 이 건물엔 어떤 학원도 없었다.

결심했다. 엄마에게 졸라보자. 며칠을 눈치만 보고 있다가 말도 꺼내 보지 못하게 된 사건이 일어났다.

그날은 엄마가 나의 겨울 외투를 얻어온 날이었다. 사촌 언니가 입던 걸 가지고 온 것이다. 여름이건 겨

울이건 두벌의 옷과 외투 하나로 지내던 시절이니 비록 입던 것이지만 새로운 외투가 생긴 것이 좋았다. 그 밤, 퇴근한 아빠는 그 옷을 보고 화를 많이 내었다. 엄마와 다툰 후 얻어온 옷이지만 나에겐 새 옷이었던 그것을 찢어 버렸다. 나는 싸움이 무서워서 울었고, 옷이 아까워서 울었다. 새 옷을 사주지도 않으면서 겨우 하나 생긴 것에 그렇게 화를 내야 했던 아빠의 행동엔 이유가 있었을 테지만, 나는 아직도 그날의 서운함을 잊지 못한다. 그즈음 두 분은 자주 다투셨다. 그 원인은 언제나 돈 때문이었다.

끝이었다.

피아노를 배우고 싶다는 말은 하지 못했다.

'나비야, 나비야'를 끝으로 수아의 가르침도 끝났다.

머리 위 회장실   ***

걸을 수가 없었다. 발을 땅에 디딜 때마다 느껴지는 고통은 악 소리조차 못 할 정도였다. 하루는 친구들과 고무줄놀이를 하다 발목을 다쳤다. 계단을 겨우 기어 올라 집으로 들어가 뜨개질 부업을 하고 있던 엄마를 불렀다. 엄마는 언제나 같은 모습이었다.

"엄마, 발목이 아파."

발목의 통증보다 혼이 날 것이 더 두려워 울지 못했다. 잔뜩 찡그린 얼굴로 고통을 표현할 뿐이었다.

"걸어봐!"

뜨개바늘을 내려놓고 명령하듯 말하며 엄마는 다가왔다. 나는 당연히 한 걸음조차 떼지 못하고 주저앉아 엄마의 눈치를 살폈다.

"뭐 하다가 이랬어?"

“고무줄놀이.”

내 목소리는 다시 내 안으로 들어가고 있었다.

“조심히 놀라고 했잖아!”

날카로운 엄마의 목소리. 나는 엄마가 내 걱정은 하나도 하지 않는다고 생각했다. 내가 얼마나 아플지는 관심이 없는 것 같았다. 병원 가보자는 말 대신

“약국 가서 어떻게 아픈지 말하고 약 사와.”

천 원 한 장을 주고 엄마는 다시 일에 몰두했다. 오른쪽 다리를 끌며 3층에서 1층 약국까지 가다 쉬기를 반복했다. 5분이면 갈 거리를 30분은 걸린 것 같았다.

절뚝거리며 가는 내내 생각했다.

‘어쩜 친엄마가 아닐지도 몰라.’

약사는 약 몇 알을 주며

“이거 먹고도 아프면 엄마한테 병원 가자고 말해. 알았지?”

며칠 약을 먹은 후 통증은 사라졌다. 통증이 사라진 게 다행이라 생각했다. 병원을 가지 않아도 되니까. 돈을 쓰지 않아도 되니까. 부작용은 생각도 하지 않았다. 제대로 치료되지 않은 발목은 가끔 통증이 있었지만, 독한 진통제 몇 알로 회복되곤 했다. 그렇게 두 해

를 보냈다.

초등학교 3학년 체육 시간. 운동회 연습을 하다 다시 한번 다친 발목은 염증이 생겼고, 이번엔 진통제로는 치료되지 않았다. 처음 다쳤을 때, 부러진 뼛조각이 아무렇게나 붙어 아물어 있었고, 이번에 그것이 다시 떨어져 나간 것이다. 시기를 놓쳐 치료에 더 많은 시간이 필요했다. 발가락만 보이게 두고 허벅지까지 석고 깁스를 해야만 했다. 발을 땅에 디딜 수 없게 고정해 놓아서 목발을 짚고 7개월을 다녔다. 이전에도 말했지만, 우리 집은 화장실이 없었다. 작은 볼일은 방 안 요강을 사용하면 되었지만, 큰 볼일 그것은 정말 큰 일이었다. 무릎조차 구부릴 수 없는데 어떻게 쪼그려 앉아서 급한 일을 처리할 수 있겠는가. 화장실에 가려면 20원을 내야 해서 돈이 아깝기도 했지만, 어둡고 음침하고 냄새나는 공중화장실은 너무 무서워 참을 만큼 참다가 한 번 가는 곳이었다. 더욱이 쭉 뻗은 오른쪽 다리의 불편함까지 생각해야 했으니 더 가기 싫은 그리고 더 가기 힘든 곳이 된 것이다.

화장실은 언제나 엄마와 동행이었다. 이 동행은 한참 동안 계속되었다. 배탈이 났었는지 하루는 화장실을 자주 가야 했다. 덩달아 볼 일 없는 엄마도.

"지연아, 그냥 요강에 싸."

몇 번 같이 가 내 발을 받쳐주던 엄마가 말했다. 엄마가 무슨 말을 하는 건가.

"너도 힘들고, 엄마도 힘들어서 그래. 엄마가 들고 가서 버리면 돼. 그게 더 편해 그냥 싸 괜찮아."

"더럽게 거기다 어떻게 싸?"

"오줌이나 똥이나 더럽긴 마찬가지야. 그냥 싸."

엄마는 요강을 내 쪽으로 밀며 괜찮다는 뜻으로 손을 흔들어 보였다. 어쩔 수 없었다. 그 창피함. 지금 생각해도 얼굴이 붉어지는 배설의 시간. 엄마는 그날 화장실(요강)을 들고 계단을 몇 번이나 오르내렸다.

우리 집 화장실은 언제나 누워있는 우리 머리 위에 있었다. 왜 머리 위에 요강을 두냐고? 발밑에 두면 자다가 발로 찰지 모르잖는가. 그런 대형 사고는 방 안에서 일어나면 안 되는 일이었다. 상상도 하기 싫은 대참사를 방지하기 위해서였고, 그것에서 가장 가까운 곳은 항상 아빠 자리였다. 13살이 되어서야 난 화장실 있는 집에서 살 수 있었다. 하루에 몇 번을 가도 돈 안 드는 그것이 우리 집 안에 생겼던 감격의 순간이었다.

바늘 도둑은 바늘 도둑일 뿐   ***

100원 동전 한 개로 무얼 할 수 있을까? 지금은 지우개 하나, 연필 한 자루 살 수 없다. 예전엔 동전 지갑이 따로 있을 만큼 소중히 다루던 그것들이 지금은 저금통에 모여 그 사용을 다 하지 못하고 있다. 100원의 가치가 요즘은 참 하찮다.

어렸을 때. 엄마는 자주 나를 때렸다. 매를 맞아야 했던 이유는 다양했을 것이고. 대부분은 내가 잘못한 일이었을 것이라 믿는다. 그것 중 한번은 처음이자 마지막이었던 나의 도둑질 때문이었다.

학교에 입학하고 난 후 알았다. 모두 나처럼 사는 것이 아니라는 것을. 친구들의 사는 모습을 눈으로 본 것은 아니지만, 굳이 그렇게 하지 않아도 그 차이는 학교 옆 문방구만 가봐도 알 수 있었다. 당시 문방구라는 곳은 없는 거 빼고 다 있었다. 내 시선을 앗아가고, 입안에 침이 고이게 하는 것들. 가지고 싶은 학용품, 알록달록 예쁜 문구류들을 나는 가질 수 없었다. 중국집 단무지 그릇에 퍼 주는 떡볶이가 그중 가장 나를 괴롭히는 것이었다. 빨간 양념이 배어있는 쫄깃하고 탱글한 떡볶이는 너무나 먹음직스러워 보였다. 10원에 떡 한 줄을 준다. 국물은 많이. 떡은 아까워 먹지 못하고 달달 매콤한 국물을 찍어 먹는 용도로 사용하다 마지막에 먹는 게 아무도 정해주지 않은 우리끼리의 규칙이었다.

내 도둑질은 이 떡볶이가 원인이었다.

1학년 때였다. 친구들과 나는 학교가 끝나면 참새 방앗간 드나들 듯이 문방구로 향했다. 여느 때처럼 그저 구경하고 만지작거리며 가지고 싶다는 맘을 달래고 있었다. 같이 간 아이 하나가 떡볶이 5개를 사서 먹으려 했고, 나는

"한 입만"

저절로 나와버린 진심이었다. 그 목소리는 비굴했다. 딱 한입이었다. 떡 한 줄을 세 개로 잘라낸 것 중 하나. 그 뒤로 돈이 생기기를 매일 바랐다.

일요일 아침, TV에서 하는 어린이 명작 동화를 본

후(내 손등에 화상 자국이 생긴 후 아빠는 TV를 샀다) 아래층 사는 미정이와 놀기 위해 내려갔다. 미정이 가족들은 늦은 아침을 먹고 있었다.

"지연아, 밥 먹었어? 안 먹었으면 밥 먹자."

달걀을 부쳐 들고 오시며 미정 엄마가 말했다.

"밥 먹었어요."

대답하는 나에게 보이는 건 달걀이 아니라 밥 먹는 미정이 옆에 놓여있는 100원 동전이었다. 나는 슬쩍 미정이 옆으로 다가가서는

"밥 다 먹고 놀자."

말하곤 서둘러 나왔다. 손엔 100원 동전을 꼭 쥐고서.

무슨 짓을 했던지 상관없이 마냥 신이 났다. 100원이면 떡볶이가 열 가닥이다. 그 길로 1층 시장으로 내려갔다. 할머니가 주인으로 있는 구멍가게로 가 10원짜리 불량 식품 3개를 사서 후딱 입속으로 밀어 넣고 주머니 속 70원으로 떡볶이 사 먹을 생각을 하며 집으로 갔다. 미정이는 놀자고 나를 부르지 않았다. 나도 미정이를 다시 찾아가지 않았다.

하루가 아무 일 없이 지나 가는 듯 했지만 마실을 나갔던 엄마가 돌아와서는 신발도 벗기 전에 내 이름을

부르며 소리쳤다.

"너 이리 와! 솔직히 말해. 너 미정이 돈 가지고 왔어?"

엄마가 어떻게 알았을까? 이 동네는 비밀이 없다. 내가 무슨 짓을 했는지. 구멍가게에서 뭘 사서 먹었는지. 엄마는 다 안다. 아니 동네 이모들 모두 다 알고 있다. 엄마의 고함이 나의 잘못을 온 동네에 퍼트리고 있었다. 엄마의 다그침에 사실대로 말한 후 남은 70원을 꺼내 놓았다. 엄마는 쓰고 남은 70원을 보고 더 화를 내었다. 훔친 돈을 썼다는 것이 엄마의 화를 더 돋우었다. 잔뜩 얻어맞고 나서 엄마가 준 100원을 들고 미정이 집으로 갔다. 미정이에게 사과했고, 미정 엄마에게 용서를 빌었다.

내가 받은 벌은 이것뿐이 아니었다. 엄마는 한동안 동네 친구들 집에 못 가게 했다. 나를 못 믿어서였을까? 아니면 동네 이모들이 색안경을 끼고 볼지도 모른다는 걱정이었을까? 그 이후 미정이 집은 다신 가지 않았다. 갈 수 없었다.

엄마는 혼내며 말했다.

"바늘 도둑이 소도둑 되는 거야!"

당시엔 당연히 무슨 말인지 알 리가 없었다.

엄마가 끝까지 몰랐다면? 내가 또 그런 짓을 했을까?
쓸쓸하게 웃으며 머리를 흔들어 생각을 털어 내었다.
카드 사용을 주로 하니 동전의 쓰임이 많이 줄어든
요즘이지만 여전히 내겐 10원, 100원이 소중하다. 수
입과 지출 목록엔 10원 단위까지 꼼꼼히 기록한다.
남의 것을 가져오고 싶을 만큼 100원이라도 생기기
를 간절히 바라던 때를 잊을 수 없기 때문이다.
딱 한번. 난 바늘 도둑이었다.

떼쓰지 않는 아이   ***

아빠의 생신날이었다. 기분 좋게 술이 오른 아빠는 남편에게 말했다.

"우리 큰 딸은 뭘 사달라거나 해달라고 졸라 본 적이 없어. 집, 학교, 회사 다니는 길만 알아. 떼쓰는 걸 못 보고 키웠어."

하며 환하게 웃으셨다. 허공에 건배라도 하는 듯 술잔은 눈높이만큼 들고서.

속 썩인 적 없는 딸이라는 아빠의 이 말에 나는 왜 화가 났을까? 생각을 거치지 않은 말이 툭 튀어나왔다.

"나라고 왜 하고 싶은 게 없었겠어. 내가 조르면 해줄 수나 있었고? 돈 없다는 걸 아니까 그냥 참고 포기하고 그렇게 살았던 거지."

내가 하고 싶은 것을 모두 할 수 없었던 것이 엄마 아빠의 가난 때문이라고 말한 것이다. 기분 좋은 분위기는 순간 찬물이라도 맞은 듯 조용해졌다. 아빠의 얼굴은 금세 어두워졌고, 엄마는 그 성격대로 시원하게 한마디 욕을 뱉었다. 남편과 동생은 눈길로 나를 타박하고 있었다. 내 어린 자식들은

'엄마 왜 저래?'

하는 표정이었다.

순간 짙은 어둠이 아빠의 얼굴을 감쌌다.

소리 내 울지 않는 아이. 떼쓰지 않는 아이. 이런 말들이 칭찬인 줄 알고 자랐다. 엄마에게 맞는 매가 싫어서도 그랬을 테지만, 부모님이 돈 때문에 다투는 것이 더 싫었다.

그러다 예전처럼 엄마가 다시 우릴 남겨놓고 사라질까 봐 두려웠다.

나도 떼쓴 적이 있다. 엄마, 아빠의 기억 속 그런 내 모습은 기억나지 않는 것일까? 그저 좋은 모습만 간직하고 싶은 부모의 마음일까?

아빠가 알고 있는 욕심 없는 아이였던 나도 가지고 싶은 게 많았다. 그중 하나가 바로 소년 소녀 세계 명작 전집이었다.

나보다 한 학년 위인 영찬 오빠는 공부를 잘하는 아

이는 아니었는데, 다른 누구보다 책을 많이 읽었다. 책 읽는 모습이 멋져 보였다. TV보다 책이 훨씬 재미있다고 했다. 나도 책을 읽어 보고 싶었다. 오빠는 자기의 책을 남에게 빌려주기를 싫어했다. 빌릴 수 없으니 나는 엄마가 영찬 오빠네로 마실을 갈 때마다 따라가 그 옆에서 책을 읽고 오곤 했다. 읽는 속도가 느리니 한 권을 다 읽으려면 그 집을 여러 번 다녀와야 하는 번거로움이 있었다. 역시 오빠의 집도 우리 집과 마찬가지로 방 한 칸. 자주 가서 죽치고 앉아 있는 눈치 없는 짓을 하기 싫었다. 내 집에서 내 책을 마음대로 꺼내 읽고 싶은 맘이 간절했다.

"엄마, 나도 영찬 오빠처럼 책 갖고 싶어."

읽고 싶다가 아니라 갖고 싶다였다. 읽고 싶다고만 하면 빌려 읽으라 할 것 같았다.

"무슨 책? 책 놓을 자리도 우리 집엔 없잖아."

"창문 밑에 쌓아두자. 나도 책 갖고 싶어. 책 사주면 공부도 열심히 하고 다른 거 사달란 말 안 할게. 동생도 잘 데리고 놀게."

지킬 자신이 있었다. 책만 가질 수 있다면 엄마가 시키는 건 다 할 자신이 있었다. 그 당시에는.

“아빠한테 물어보고.”

엄마는 돈이 없어 안 된다고 말하지 않았다. 다른 것도 아니고 책을 사달라고 하는데, 거절할 수 없었는지도 모른다. 하지만 한참이 지나도 나에게 책은 생기지 않았다.

새 학년이 시작되는 봄이면 동네에 손님이 오곤 한다. 양복을 입고 까만 서류 가방을 들고 다니는 아저씨는 이집 저집 다니며 여러 번 접힌 커다란 종이를 쫙 펴 그 안에 내용을 설명했다. 하루는 학교에서 돌아와 보니 엄마가 아저씨와 이야기를 하고 있었다. 설레었다. 책에 관해 열심히 설명하는 아저씨 옆에서 엄마는 연신 고개를 끄덕이고 있었다. 가방을 멘 채로 옆으로 가 기웃거렸다. 50권 전집이 어쩌고. 100권 전집이 어쩌고.

“100권 전집이 계산해 보면 더 싸요. 이걸로 해요.”

“50권 전집으로 할 거예요. 할부는 몇 개월까지 가능해요?”

엄마는 표정이 없었고, 단호했다.

듣고만 있던 나는 엄마가 아저씨 말을 들었으면 좋겠다고 생각했다. 50권이라는 엄마 말에 서운했지만,

그것은 잠시뿐이었다. 책이 생긴다니 가슴은 뛰었고, 웃음이 흘렀다.

책이 오기를 기다리는 시간은 길고 심심했다. 며칠이 지난 후 학교가 끝나 집에 와보니 책이 있다. 세 칸으로 나뉘어 있는 1층짜리 책꽂이도 함께.

"네 책이니까 네가 정리해."

별일 아닌 듯 한마디하는 엄마의 눈은 웃고 있었다. 무섭기만 하던 엄마가 그날은 달랐다.

신난 내 손은 빠르게 움직였고, 1번부터 50번까지 가지런히 정리해 놓은 책을 보니 부러울 것이 없었다. 1권부터 시작했다. 번호 순서대로 읽었다. 재미있으면 다시 펴 들었다.

영찬 오빠 말이 맞았다. 책이 TV보다 재미있었다. 허클베리 핀, 셜록홈즈, 해저 2만 리, 홍당무, 엄마 찾아 삼만리 등 사이사이 그림이 그려져 있는 이 책들은 내 것이었다. 나도 책을 빌려주고 싶지 않았다. 닳아 없어지는 것도 아닌데 아까웠다. 동생도 만질 수 없었다.

책을 산 이후 엄마는 뜨개질 부업을 하면서 한 가지 일을 더 했다. 엄마의 힘듦은 내게 보이지 않았다. 책을

사주고 엄마가 더 많은 일을 해야만 하는 우리 집은 가
난했지만, 책 50권을 가지고 있는 나는 부자였다.

4월의 입학   ***

아무도 없었다. 같이 놀던 친구들이 사라진 동네는 조용하기 그지없었다. 햇볕은 따스했고 가끔 부는 서늘한 바람이 겨울의 끝자락에 있음을 알려주던 3월 초.

아침 8시면 동네는 활기가 넘친다. 학교에 같이 가려고 친구의 이름을 부르는 소리. 등교 준비를 다 하지 못한 아이를 재촉하는 엄마들의 목소리. 삼삼오오 모여 깔깔거리며 계단을 내려가는 모습을 나는 3층 난간을 붙들고 지켜만 보고 있었다. 빨강, 파랑 가방을 어깨에 메고, 실내화 주머니를 흔들거리며 쫄랑쫄랑 계단을 내려가 학교로 향하는 아이들의 얼굴은 햇빛을 받아 빛났다. 그 자체로 빛났는지도 모른다. 이 건물 아이들은 모두 같은 학교에 다녔다. 나만 집에 두고.

어린 엄마가 나를 낳았다. 엄마의 나이가 너무 어려

서였을까? 혹시 내가 너무 약하게 태어났기 때문에? 출생신고를 바로 하지 못해 나는 8살임에도 호적 나이로 7살이었다.

"엄마, 나랑 경철이는 친군데, 경철이는 1학년이고 나는 왜 아니야?"

"너도 좀 있으면 학교 갈 거야."

그즈음 엄마 아빠가 하는 말들은 법원, 출생신고, 정정, 병원 이런 것들이었다. 나를 두고 하는 말이라는 걸 그때는 몰랐다.

점심을 먹을 시간이 다 되어가면 아이들이 돌아온다. 아이들은 돌아가며 한 집에 모여 만화 주인공이 그려져 있는 필통을 자랑한다. 그 속엔 부모님이 칼로 투박하게 깎아 준 연필이 가지런히 꽂혀있었다. 단정하게 깎아 꽂아놓은 연필만 봐도 어떤 이모가 공부에 관심이 많은지 알 수 있었다. 지난 달력으로 표지를 씌운 바른생활책을 펴서 읽지도 못하는 글자를 더듬거리기도 했다. 글을 읽을 수 있는 1학년은 드물었다. 나도 그랬다. 아이들 속에 함께 있으면서도 혼자 있는 것 같은 마음이었다. 학교에 가고 싶었다.

3월이 꼬리를 보이며 끝나갈 무렵, 아빠가 가방과

실내화, 그것을 담을 수 있는 주머니를 사 오셨다. 새 신발도.

드디어 학교에 갈 수 있다. 콩콩거리는 마음과 학교의 모습을 상상하느라고 눈은 감고 있었지만 쉽게 잠들 수 없었다. 파르르 떨리는 눈꺼풀 때문에 내가 잠들지 않은 것을 눈치챈 엄마는 말했다.

"빨리 자. 그래야 내일 학교에 데리고 간다."

아침은 여전히 소란스러웠다. 아이들이 쏙 빠져버리는 그 순간을 나는 함께 하지 못했다.

단정하게 차려입은 옷. 오른쪽 가슴에 하얀 면 수건을 옷핀으로 고정하고 빈 가방은 이미 메고 있었다. 빨리 가자며 조르지 않았지만, 신발을 신고 문 앞에 서서 아직 나오지 않는 엄마만 뚫어지게 쳐다보고 있었다.

동생은 이웃에게 맡기고, 엄마 손을 잡고 학교까지 걸었다. 약국과 파출소 신호등 목공소 비디오 가게 그리고 또 다른 가게들 한 개의 신호등을 더 만났다.

"학교 오는 길 잘 기억해 둬. 내일부터는 아이들과 같이 올 거야. 오늘만 엄마가 같이 와주는 거야."

처음으로 집에서 멀리 걸어 나왔다. 6년을 다녀야

할 길을 내 눈에 꼼꼼히 새기려 애썼다.

운동장을 가로질러 교문에서 정면으로 보이는 건물 앞에는 누군지 알 수 없는 흉상이 있었다. 학교 안쪽 복도에서 마주한 양복 입은 남자분이 우리를 맞이했다. 머리카락이 별로 없었고, 눈썹이 짙은 이 남자분이 나의 1학년 담임선생님이었다. 생김새와는 다르게 목소리는 부드러웠다. 두 분의 인사가 끝나고 선생님을 바라보고 서 있던 나는 엄마를 바라보는 위치로 바뀌어 서 있었다. 내가 잡은 손의 주인도 더는 엄마가 아니었다. 내 손을 잡은 선생님의 손은 따뜻했다.

"선생님, 지연이 사진 한 장 찍고 들어가도 될까요?"

굉장히 상냥한 목소리로 엄마는 물었다. 처음 듣는 낯선 목소리.

'엄마에게도 저런 모습이 있구나!'

입학식은 못 했지만, 첫 등교는 기억에 남겨 두고자 빌려온 사진기로 사진 한 장을 찍었다.

6년 동안 찍은 몇 장 안 되는 사진 중 홀로 찍은 입학 사진 속 나는 건방졌다. 삐딱하게 내민 오른발 때문에 몸은 왼쪽으로 약간 기울어져 있었다. 고개는 비뚤어져 있고, 얼굴도 찡그리고 있다. 전혀 즐겁지 않은 얼굴이다. 햇빛 때문이었겠지.

교문으로 향하는 점점 작아지는 엄마의 모습을 보자 불안했다. 선생님의 손을 놓고 엄마를 따라가고 싶었다.

"지연아, 들어가자 친구들 소개해 줄게. 넌 이제 1-1반이야."

아이들로 가득 찬 교실에서 익숙한 얼굴을 찾으려고 내 눈은 바빴다. 그렇게도 오고 싶던 학교였는데 불안이 나를 얼어붙게 했다.

꽃피는 4월 다른 아이들보다 한 달 늦게 나는 1-1반 64번이 되었다.

내겐 불행인 재능   ***

가난한 자가 가지고 있는 재능은 축복이기보단 불행에 가깝다. 포기가 빠른 나에겐 더욱 그랬다.

중학교 입학 전 우리 가족은 15평 아파트로 이사했다. 나의 기대와 달라 실망했던 것도 잠시. 지긋지긋한 공중화장실에서 벗어나고, 맘껏 씻을 수 있는 욕실이 있어 다행이었다. 중학교는 매일 깨끗이 씻고 다닐 수 있었다. 부푼 기대로 시작한 중학교 생활은 초등학교와 너무 달랐다. 이사를 하면서 6년을 함께했던 아이들과 떨어졌다. 선생님과 학교는 낯설었다. 3년의 중학교 생활은 불행까진 아니더라도 즐거웠다고 볼 순 없었다. 친구들과 잘 어울리지도 못했다. 자존감도 낮았다. 집과 학교만 오고 갔고 친구를 만나러 다니는 일도 전혀 없었다. 동네 친구 역시 한 명도 없었다. 존재 가치가 작은 그런 아이였다.

내가 다니던 중학교는 전통적으로 1년에 한 번 전교생을 대상으로 반별 합창대회가 열렸다. 1학년 담임 선생님은 음악 선생님이어서 반 아이들 모두의 노래를 직접 들어보시곤 소프라노, 메조, 알토 세 부분으로 아이들을 나누었다. 나는 그중 소프라노였다. 선생님은 노래에 실력 없는 아이에게는 입만 벙긋거리는 것을 권하셨다. 합창에서 가장 중요한 음 이탈을 방지하기 위한 어쩔 수 없는 선택이었다. 그때까지 나는 노래에 관심도 없었다.

합창대회 연습은 선곡부터 다른 반과 기싸움이 있었다. 치열했다. 즐거웠고, 신났다. 같은 노래를 백번을 부르며 연습해도 부를 때마다 새로웠다. 담임선생님의 열정 덕분에 우리 반이 1학년 15반 중 1등을 했다. 즐거운 학교생활은 끝났다. 합창대회 연습할 때를 제외하면 학교생활은 지루하고, 피곤했다

대회가 끝나고 얼마 후, 선생님은 나와 같은 반 친구 한 명을 음악실로 불렀다. 함께 소프라노를 맡아 하던 친구였다.

"너희 둘 교내 합창부에 들어와. 그리고 계속 노래 공부해 보면 좋겠어. 너희 둘 노래에 소질이 있어서

선생님이 욕심이 생기네. 연습해서 예술고등학교 진학 생각해 보면 어떨까?”

“저는 할게요.”

당당하게 말한 건 친구였고, 나는 우물거렸다.

“부모님께 여쭤봐야 해요.”

혼자 바로 결정하는 저 아이의 당당함, 자신감은 뭐지?

“부모님께 가서 말씀드려보고 어머님 학교 상담 오시라고 전해줘. 너희 둘 다.”

면담이라고? 엄마가 학교에 오는 건 내가 잘못한 일이 있을 때뿐인 줄 알았다.

“엄마, 선생님이 진로 문제로 상담 필요하다고 하셨어. 나 노래 잘 부른다고 노래 공부하면 좋겠다는데?”

들었는지 못 들었는지 엄마는 아무런 대답이 없었다.

“면담 언제 올 거야? 선생님께 말씀드려야 하는데?”

선생님과 통화 해 보겠다는 대답만 하고 엄마는 다시 바쁜 척을 했다.

며칠 뒤부터 친구는 일주일에 두 번 음악실로 향했다. 그 뒤 얼마나 지났을까 엄마가 선생님을 만나러 학교에 왔고, 면담이 끝나고 선생님은

“지연아, 지연이 엄마 무척 좋으신 분이더라. 지연이

열심히 공부해 알았지. 그리고 합창단 연습은 계속하자." 하셨다.

선생님의 눈빛은 따뜻했지만, 나에게 와 닿는 말소리는 차가웠다.

"음악실로 연습하러 와."가 아니라 "공부 열심히 해."였다.

크게 실망했던 탓에 시간이 한참 지난 지금도 그때 선생님의 목소리, 표정, 우물쭈물하던 내 행동이 생생하다.

그랬다. 돈이 필요한 노래가 아니라 그것이 아닌 공부를 열심히 해야 했다. 나는 음악실로 따로 불려 가지 못했다. 집에 와서도 나는 묻지 않았다. 무슨 얘기를 했는지? 나는 왜 따로 부르지 않는지? 엄마도 아무 말 하지 않았다. 나는 또 그저 짐작만 할 뿐이었다.

시 합창대회 연습으로 한창 바쁘던 어느 날. 연습을 끝내고 모두 음악실을 나왔지만, 친구는 선생님과 둘이 남았다. 발성 연습을 시작으로 가곡 한 곡을 지도하는 선생님의 목소리와 친구의 목소리를 문밖에서 들었다.

'저 아이보다 내가 더 잘하는데 확실히 더 잘 부를

수 있는데'

 친구가 부러웠다. 질투가 나 선생님도 친구도 좋은 마음으로 볼 수가 없었다.

 그 시절 난 겉으로는 씩씩했고, 속으로는 시들었다. 선생님이 내게서 본 재능은 내겐 축복이 아니었다.

2장.

버티고
견뎌온 시간

살림 밑천

***

63만 원. 세금 떼고 58만 원 정도였을까?

첫 월급의 액수다. 요즘처럼 은행으로 바로 들어가는 형체 없는 월급이 아니라 명세서와 함께 노란 종이봉투에 담아주던 내 첫 월급이었다. 첫 월급을 타면 부모님께 빨간 내복을 사 드려야 한다는 케케묵은 얘기는 뒤로하고 난 그 봉투에서 한 푼도 빼지 않고 부모님께 드렸다.

"고마워. 우리 딸 수고했어."

봉투를 받은 엄마는 무심하게 돌아서서 무덤덤한 목소리로 말했다. 이 짧은 말 속엔 대견함이 녹아 있었으리라. 아빠는 그중 만 원짜리 한 장을 꺼내 항상 지갑 깊숙한 곳에 넣고 다니셨다. 술을 지나치게 많이 드시고 지갑을 통째 잃어버렸던 날. 본인의 행동을 탓하며 지갑보다 당신 딸이 벌어다 준 첫 월급의 한 조각을 잃어버린 걸 더 안타까워하셨다. 멋쩍은 웃음을 지으며 술을 끊겠다던 약속은 한 달을 넘기지 못하고 깨져 버렸지만, 아빠는 한참을 속상해하셨다.

'큰딸은 살림 밑천'이라고 나를 보고 어른들은 말씀하셨다. 그 말이 좋은 뜻이라 생각했다. 칭찬하는 말이라고 여겼다. 그 말에 알맞은 사람이 되어야 한다고도 생각했다. 어려웠던 시절을 살아낸 사람들이 장남을 지켜내기 위해 큰딸에게 부여한 책임을 좋은 말로 포장한 것일지도 모른다는 생각은 하지 않았다. 내가 버는 돈은 모두 엄마에게 드리는 것이 마땅하였다. 한 치의 다른 생각도 하지 않았고, 차비를 포함하여 15만 원의 용돈을 받았을 뿐이었다. 당시 아빠의 일도 잘되고 있어 우리 집의 살림은 천천히 피고 있었다. 그런 살림의 축척에 내가 보탬이 되고 있었다. 그렇게 1년을 월급날 하루만 기쁘고, 나머지 날들은 적응되지 않는 업무로 인해 숨이 꽉 막혀 지냈다.

교수님 추천으로 들어간 회사는 가족회사였다. 사장, 전무, 과장, 일부 직원이 학연, 혈연으로 연결되어 있었다. '가족 같은 분위기'가 참 나쁜 말이라는 것을 하루하루가 지날 때마다 실감했다. 허울 좋은 그 말

아래 오고 가는 언어는 예의가 없었다. 실수의 책임도 명확하지 않았다. 일을 몰아주는 일이 다반사였다. 막내인 나는 심부름꾼이었다. 익숙하지 않은 업무로 어려움을 겪는 내게 오는 말들은 격려나 가르침이 아닌 비난이었다. 일의 능률은 땅으로 꺼지고 있었다. 반면 솟아오르는 불만에 아무 대책도 없이 사표를 던졌다.

회사를 그만두고 일주일은 천국이었다. 출근하지 않고 일어나고 싶을 때 일어나 엄마가 해주는 세끼 밥을 아무런 눈치 없이 먹을 수 있었던 기간은 딱 그때뿐이었다. 그 뒤로는 누가 뭐라는 것도 아닌데, 앉은 자리가 편하지 않았다. 내게 와 꽂히는 눈길이 가시였다. 괜스레 엄마의 기분을 살피게 되었다. 약속 없는 약속을 혼자 만들었다. 시간제 일을 하긴 했지만, 내 용돈이나 할 뿐이었다.

책임감도 아니고, 자격지심도 아닌 감정이 참 불편했다. '살림 밑천' 큰딸인 내가 해서는 안 되는 생활이 4개월 정도 지난 어느 날. 학원 강사로 일하고 있던 친구에게서 전화가 왔다.

"뭐하냐? 요즘."

짓궂다. 내가 집에서 놀고 있다는 걸 친구는 이미 알

고 있다. 그런데도 무슨 말이 듣고 싶어서 항상 확인하는 걸까?

"우리 학원에 수학 강사 필요해. 시강 준비해서 면접 보러 와라."

수학이라고? 수학을 손에서 놓은 게 몇 년이 지났는데 수학 강사 면접을 보라고?

쉽게 대답하지 못했다.

"그냥 해 보는 거야 원장님께 얘기해 놓을게."

전화 너머 친구는 이미 사라지고 없었다. 자신이 있었던 건 아니지만 백수 생활도 더는 지속할 수 없었다.

면접은 다시 생각하기 싫은 부끄러운 순간으로 남았다.

목의 울대를 누군가 계속 치는 것처럼 떨리는 목소리와 힘없이 흔들리는 다리를 감추지 못해 얼굴은 상기되었다. 원장님이 제시한 문제를 설명하는 10분이 왜 그리 길던지. 내 목소리가 귀 안으로 파고들어 윙윙거리는 통에 정신을 차릴 수 없었다.

'취업은 틀렸구나.'

생각하고 원장님과 마주 앉아 있었다.

"다음 주부터 출근하세요."

내가 잘했나? 떨림은 나만의 느낌이었나?

월급과 수업 시간을 의논하고 집으로 가는 길.

스프링처럼 동동거리던 다리엔 어느새 단단하게 힘이 들어가 있어 걸음은 힘찼다.

이 면접으로 수학 강사가 내 평생의 직업이 될 줄은 그땐 몰랐다. 저녁 없는 삶의 시작이었다. 친구와 함께하는 학원 생활은 회사 생활보다 쉽게 적응할 수 있었다. 전공자가 아니라 실력은 부족했고, 다른 사람을 가르친다는 부담으로 내 공부보다 더 열심히 남을 위한 공부를 해야만 했다. 한 달 뒤 하얀 봉투를 받아 들고 당당히 집으로 향했다. 역시 한 푼도 빼지 않고 엄마에게 드렸다. 그것도 1년 반 전의 그것보다 100% 늘어난 금액으로.

'내가 살림 밑천 맞지?'라고 말하듯 당당하게 두둑한 흰 봉투를 쓱 내밀었다.

혼수에 시동생 침대   ***

처음 시작이 친구였던 나와 남편은 어느 가수의 노래 가사처럼 '연인도 아닌 그렇게 친구도 아닌' 7년을 만나고 부부가 되었다. 양가 모두 부유하지 않았으므로 우리의 시작은 아담했다. 방 두 개 13평 전셋집. 새로운 시작에 설렜고, 하루하루가 맑았다.

결혼식 준비가 차근차근 진행되던 어느 날. 시댁에서 저녁을 먹던 나는

"어머님 도련님 저희랑 같이 살게요. 여기서 회사 다니는 것보다 우리 집에서 다니는 게 더 편하잖아요."

신혼인데 그럴 수 있냐면 당황하신 어머님은 다시 생각해 보기를 권하셨고, 옆에 시동생은

"그럼 난 좋지. 누나." 했다.

네 살 터울 시동생은 어려서부터 봐 왔기에 친동생과 같았다. 그날 내가 했던 말은 진심이었다. 친구들

은 무슨 생각이냐며 묻기도 했지만 난 아무렇지 않았다. 또, 이 결정이 엄마를 속상하게 할 줄은 생각도 하지 않았다. 엄마는 내 결정에 드러내놓고 반대하진 않았지만

"시댁 식구와 같이 사는 게 네 생각처럼 재미있을 줄 알아? 그것도 신혼에?" 하셨다.

집이 마련되고 나서는 엄마와의 시간이 많이 필요했다. 살림살이 장만을 해야 하니 이것저것 의논할 일이 많았다. 필요한 것만 사면 된다는 나. 사두면 다 쓸 데가 있다는 엄마와 매일 다투었다. 셋이 사는 살림이니 그릇도 냄비도 많이 필요 없는데도 엄마는 8인 세트 그릇을 사고, 크리스털 유리잔 두 세트를 샀다. 침대 사용을 할 거라 이불도 손님용 한 채만 있으면 된다고 했지만, 그것도 두 채. 내가 필요해서가 아니라 엄마가 갖고 싶은 걸 사는 것 같았다.

가구를 준비하기 위해 외출한 그날은 엄마의 감정이 나에게 고스란히 전해졌다. 집을 나서기 전부터 엄마는 한숨만 연달아 뱉어내고 있었다. 나는 엄마가 돈 걱정을 하나 싶었다.

집이 좁으니 필요한 가구도 그리 많지 않았다. 식탁

을 놓을 수도 없었고, 소파를 놓을 수도 없는 집이었다. 필요한 거라고는 침대와 옷장 정도. 가구점을 둘러보며 방 크기에 맞는 옷장을 고르고, 내가 사용할 침대를 고르는 동안에도 엄마는 무거운 침묵을 유지했다.

"엄마, 시동생 침대도 사야 해. 시동생 방에 놓을 옷장도 하나 사야 하는 거 알지?"

대답 없이 긴 숨만 내뱉는 엄마 대신 가구점 사장님은

"시동생 침대까지 혼수로 가져가는 사람 처음 보네요."

하며 허허 웃었고, 그것과 동시에 엄마는 나를 노려보았다.

침대 두 개, 시동생이 쓸 옷장을 사고 가구점을 나올 때까지 엄마는 아무 말이 없었다.

"엄마, 왜 그래? 왜 화난 사람처럼 그래 돈 때문에? 내 월급 엄마 다 줬잖아."

앞서가는 엄마를 쫓아가 물으며, 월급에 대해 공치사를 했다.

대답 없이 나를 한 번 노려보고는 잰걸음으로 걸어가는 엄마를 붙잡아 다시 다그쳤다.

"돈이 문제가 아니야 이 못된 년아 그럼, 딸 신혼집

에 시동생 침대, 옷장 넣어주고 기분 좋아서 웃을 친정엄마가 어디 있어?”

“뭐. 엄마가 사는 거야? 내가 사는 거야. 내가 괜찮은데 뭐가 어때서!”

버스를 타고 집으로 오는 내내 난 엄마 옆자리에 서지 않았다. 목적지가 같은 낯선 두 사람의 모습이었다. 엄마가 왜 속상해하는지 그 이유를 알지도, 알려고 하지도 않았다. 다른 건 넘치게 사면서 침대 하나 더 산들 뭐가 달라져? 그때 나의 철딱서니는 딱 여기까지였다.

엄마는 신혼도, 제대로 된 결혼식도 없었다. 무작정 서울로 상경한 아빠와 엄마의 부부로서의 시작은 열악했다. 지독하게 가난했고, 괴로웠다. 그 어려움에서 나와 동생을 낳았고, 키웠고, 품에서 떼어 놓을 때가 되었다. 떠나는 나는 앞날에 대한 기대와 희망으로 들떠 있었다. 보내는 엄마의 마음을 헤아리지 않았다. 당신처럼 살게 하고 싶지 않았을지도 모른다는 생각을 하기엔 나는 너무 어렸다. 돈이 없어도 다 해주고 싶었을 것이다. 엄마는 내가 오붓하고 즐겁게 살기 원했고, 식구 한 명 더 있는 게 얼마나 많은 일이 늘어나는지 알고 있었다. 침대 하나 값을 더 계산하는 엄마가 화나 보였던 건 돈이 아까워서가 아니란 것을 몰랐다.

속상한 엄마의 마음을 모른 채 나의 신혼생활은 시작되었다. 퇴근 후 셋이 모여 마시는 맥주는 시원했고, 대화는 즐거웠다. 친구 셋이 모여 장난처럼 살아가고 있었다. 잔잔히 흐르는 물처럼 평화롭던 셋의 동거는 1년 만에 끝이 났다.

내가 임신하면서 심한 입덧으로 회사를 그만두게 되었다. 경제적으로 단절되고 몸도 괴로우니 별일 아닌 것에 짜증이 늘어 남편과 시동생을 힘들게 했다. 평소와 같은 말장난도 받아칠 기운이 없었다. 사소한 행동에도 서운했다. 모든 것이 전과 같지 않았다. 웃음소리가 사라졌다.

'재미있을 줄 알아?' 엄마의 말이 떠올랐다. 남편도 시동생도 같이 있고 싶지 않을 만큼 피곤한 내 혼란스러운 마음에 대해 엄마는 미리 알고 있었는지도 모르겠다.

계속되는 나의 날카로운 신경질에 남편은

"본가로 다시 들어가라고 했어. 이번 주말에 짐 옮길

거야."

 나는 대꾸하지 않았다. 안도감, 미안함, 창피함이 한꺼번에 몰려왔다. 할 말을 찾지 못했다. 엄마의 마음에 작은 상처를 내고 혼수로 해온 침대는 그렇게 주인을 잃었다.

친정집에 2천만 원 전세 살아요   ***

　어쩜 모든 나쁜 일의 시작은 그 집이었을지도 모른다. 그때 내가 한 선택을 되돌릴 수 있다면 다른 결정을 했을 것이다.

　결혼해서 나오기 전 엄마는 그동안 모아온 돈과 대출을 받아 15평 아파트를 하나 더 샀다. 엄마의 바로 옆집으로. 딸 둘을 독립시킬 목적이었다. 결혼 전까지 나와 동생은 그 집에서 살았다. 결혼 이후는 동생이 혼자 살고 있었다.

　첫 아이가 태어나고 내가 살던 집의 주인이 전세금을 올려 달라고 했다. 선택의 여지 없이 다른 집을 구해야 했다. 남편은 회사 일로 바빴다. 어린아이를 데리고 혼자 집을 보러 다닌다는 것은 여간 곤혹스러운 일이 아니었다. 애써서 집을 찾아보려는 생각 대신 동생이 혼자 사는 엄마의 집이 머릿속을 맴돌았다. 이 낯선 동네보다 내가 살던 익숙한 곳에서 아기를 키우는 것이 좋을 것 같았다. 엄마의 도움도 받을 수도 있다는 최대의 장점이 있는 곳이 있으니 다른 곳은 보이지도 않았다.

"이 집 전세금 빼서 엄마 드리고, 엄마 집으로 들어가면 어떨까? 자기 출장도 자주 가니까 아기 데리고 나도 엄마 옆에 있으면 더 안심되고 좋을 것 같은데."

처가살이라는 것을 못마땅하게 여길지 몰라 조심스러웠다.

"그러고 싶어? 그럼 어머님께 여쭤봐."

남편은 살다 보면 불편할 수도 있을 텐데 흔쾌히 그러자 했다.

살던 집 전세금 삼천만 원을 받아 천만 원으로 차를 샀다. 결혼 2년 동안 우리 부부는 뚜벅이였지만 아기가 태어난 후로는 차가 필요했다. 나머지 이천만 원은 엄마에게 전세금 명목으로 맡겨 놓기로 했다.

아빠는 우리가 들어온다는 말에 반색했고, 엄마도 반대하지 않았다. 미안한 점은 동생을 다시 부모님과 한집에서 살게 한다는 것 이외는 없었다. 아기가 조금만 더 크면 엄마의 도움을 받아 다시 취업할 수도 있겠다는 기대감도 생겼다.

　이사하는 날은 비가 왔다. 이삿짐을 부리던 이삿짐 센터 직원들은 서둘렀고, 화장대 다리가 부러지는 사고가 있었다. 비 오는 날 이사하면 잘 산다는 말은 믿을 말이 아니었다. 가구가 부러지며 액땜을 했다는 말 역시 거짓이었다. 잘못된 선택이라고 알려주는 징조였다.

　이사한 후엔 엄마 옆이라 좋았다. 아기도 조부모의 사랑을 듬뿍 받으며 자랄 수 있음에 만족했다.

　엄마의 웃음이 사라지고 눈가에 드리워진 그늘을 눈치채지 못했다. 엄마를 좀 더 세심하게 살펴야 했다. 1년 남짓을 살았을 때, 엄마는 누워있는 시간이 많아지고 만사를 귀찮아했다. 가끔은 아기에게도 시큰둥했다. 어떤 날은 온종일 보이지 않다가 아빠가 퇴근할 시간에 맞춰서 들어오곤 했다.

　“엄마가 내 카드를 좀 쓰자고 하시네. 아빠 일이 잘 안되나?”

　“쓸 일이 있으신가 보지.”

　내 말을 남편은 대수롭지 않게 넘겼다. 나는 아무 의심 없이 엄마에게 두 장의 카드를 주었다. 엄마의 행동이 이상하다고 느꼈지만, 아빠와 함께 있을 때는 여느 때와 다름이 없었다.

아기를 안고 언제나처럼 엄마에게 갔다. 인기척에도 아랑곳하지 않고 엄마는 누워있었다.

"엄마, 무슨 일 있어? 어디 아파? 왜 잠만 자?"

엄마는 등을 보이고 옆으로 누워 고개도 돌리지 않았다. 안고 있는 아기도 바라봐 주지 않았다.

"너희 집으로 가."

조용했지만 단호했다. 뭔가 작정을 한 듯한 냉정하고 낮은 목소리였다. 나는 멈칫하며 방안으로 들이던 발을 다시 빼고는

"뭔데? 무슨 일인데? 말을 해야 알지."

라고 쏘아붙였지만, 여전히 미동도 없이 누워있는 엄마였다.

모녀란 모두 이런 것일까? 왜 마음의 표현을 잘못된 방법으로 하는 걸까? 나는 매번 걱정의 말을 뾰족한 단어로 또는 차가운 행동으로 보인다. 좀 더 인내심을 갖고 엄마에게 다정하게 대했어야 했다고 항상 후회하지만, 그날도 그러지 못했다. 가라는 엄마의 말에 현관문이 부서질 듯 '꽝' 닫고 나와버렸다. 문소리에

놀란 아기는 울음을 터뜨렸다.

다음날 아빠가 출근하시고 얼마 뒤 엄마 집 현관문 여닫는 소리에 이어 계단을 내려가는 발소리가 들렸다. 나는 아는체하지 않았다.

'오늘은 또 어디 가는 거야? 요즘 왜 저러나 몰라.'

이유를 몰라 불만만 늘어나고 있었다.

밤이 되어도 엄마는 돌아오지 않았다. 다음날 아침까지도 모습이 보이지 않았다. 도대체 뭐가 집까지 떠날 정도로 우울하게 만들고 있는 건지 알 수 없었다. 전화도 받지 않는 엄마를 '내일은 돌아오겠지' 바라며 그저 기다리는 수밖에 없었다.

현관문이 열리고 엄마의 계단 내려가는 소리가 들렸을 때,

"엄마, 어디가? 언제 올 거야?"

하고 물었어야 했다는 후회.

엄마가 사라진 그날부터 이천만 원 친정집 전세살이는 힘든 날들의 연속이었다.

매일 찾아오는 낯선 손님들　　　***

손님들이 찾아오기 시작했다.

눈이 떠지는 아침이면 기계적인 움직임으로 남편을 출근시키고, 아이를 데리고 어디로 가야 할까 고민했다. 하루이틀은 숨을 수 있었다. 하지만 쉽게 끝날 일이 아니니 그들을 맞이하기로 했다.

엄마는 사라진 날부터 연락이 되지 않았다. 그날부터 집에도 손님들이 찾아오기 시작했다. 엄마를 찾는 사람들. 엄마에게 돈을 빌려주었다는 사람들. 처음 그들은 나에게 친절했다. 엄마의 연락 두절을 진심으로 걱정하는 것처럼 보였다. 나를 설득해서 엄마를 찾고자 했다. 어디 있는지 진짜 몰랐지만, 그들은 믿지 않았다. 내가 숨겨준다고 생각했다. 만약, 엄마가 내게 사실을 말해 주었다면 그랬을지도 모른다. 엄마가 어떻게 지내는지 몰라 그들과는 다른 맘으로 불안했고,

화가 났다. 1주일, 열흘이 지나도 엄마와 연락이 되지 않자 그들은 난폭해졌다. 다정한 목소리는 사라졌다. 욕을 하고 소리를 질렀다. 찾아내라 협박했다. 나를 죄인처럼 다그쳤다. 다시 태어나도 당신의 선택은 엄마라던 아빠는 충격받으셨다. 엄마 없는 냉기 서린 집에 들어오는 것이 싫다며, 일터에서 먹고 자고 했다. 동생도 피하고 싶었는지 집에 잘 들어오지 않았다. 엄마 옆집에 살고 있었던 내게 그들이 찾아오는 건 당연했다. 나는 그들을 막을 방법을 몰랐다.

설상가상이었다. 남편의 회사가 어려워지며 수입의 근원이 사라졌다. 엄마가 사용했던 카드 대출 빚을 갚아야 하는데 갚을 길이 막혔다. 막막했다. 엄마의 채권자들에게 시달리며 경제적 빈곤에 지친 나는 아빠에게 화를 내거나 애원했다. 엄마 문제를 해결해 달라고. 나 좀 살자고. 아빠의 심정을 헤아릴 여유가 내겐 없었다. 당시 난 임신 3개월이었다. 사는 게 불안했다. 모든 게 나에게 적이었다.

의지와는 상관없이 밤마다 우는 나와 회사의 어려움으로 남편도 지쳐가고 있었다.

"00이 데리고 본가에 들어가 있을래? 아이한테도

그게 더 좋을 것 같아."

싫다는 말에 남편은 본인이 아이 데리고 본가로 갈 테니 조금 떨어져 사는 게 좋겠다고 했다. 이혼을 원하는 건가? 단어를 꺼내어 말하지 않았지만, 남편은 그러길 원했다.

"그러기만 해봐."

아이를 떼어 놓을 수 없었다. 그나마 일어나 움직이고 밥 한 숟가락이라도 먹을 수 있었던 건 나를 바라보고 있는 아이가 있기 때문이었다. 아이가 있어 바싹 마른 마음이 스스로 재가 되려 하는 것을 막아내고 있었다. 그걸 나에게서 빼앗아 가게 둘 수 없었다.

갈 수 있었다면 진작 갔을 것이다. 이런 모습으로 시댁에 들어가기 싫었다. 자존심이 상해서도 아니고, 친정에 대한 책임감이 넘쳐서도 아니었다. 시부모님을 바라볼 수 없었다. 숨기는 건 한계가 있을 것이고, 내 부모의 치부를 드러내기 싫었다. 시댁과 이곳 둘 중 하나를 선택해야 한다면 차라리 이곳이여야 했다.

내가 도망이라도 갈까 걱정이 되었을까? 보초 서듯 돌아가며 그들은 찾아와 한참을 앉아 있다 가곤 했다. 조곤조곤 임신한 나를 걱정하는 말을 해주는 사람도 있었다. 신발도 벗기 전에 욕부터 들이박아 주는 사람도 있었다. 나는 커피를 내주기도 하고, 가만히 앉아 그들이 하는 욕을 들어주기도 했다. 가끔은 내 집 안에 들어와 앉아 있는 그들을 유령 취급하며 부업을 하기도 했다. 이런 상황에 익숙해졌다. 점점 그들의 마음도 이해가 되니 더 미칠 노릇이었다. 엄마가 돌아와야 했다. 모두에게 상황을 설명해야 했다. 이런 생활이 두 달쯤 되어갈 무렵 아빠는 내가 사는 집은 남겨 두고, 나머지 하나를 부동산에 내놓았다. 집이 팔린 돈으로 일부를 해결하고자 함이었다. 사람들은 냉장고, TV, 세탁기 하다못해 방 크기에 맞게 짜맞춰 놓은 자개장의 경첩 하나하나를 뜯어 분해해서 가져가는 수고를 했다. 집은 금세 주인이 나타났다. 사람들은 빌려준 돈에 비례하여 집값을 나누어 가졌다. 아빠와 동생은 이후로 집 없는 사람이 되었다. 내가 사는 집 하나 건진 건 다행이었다. 잠시였지만.

옆집에서 소리가 나면 우리 집이 아닌 걸 알면서도 신경이 곤두섰다.

'혹시 엄마일까?' 언제나 실망이었다.

20년을 살던 내 방, 내 거실, 내 욕실에 낯선 사람이

들어와 살았다. 내 것을 빼앗긴 것 같은 엉뚱한 생각
에 옆집 사람만 보면 화가 나서 그들을 바라보는 눈
초리는 따가웠다. 오고 가다 가끔 열린 문틈으로 보이
는 집의 구조는 변한 게 없었다. 엄마가 고집을 부려
주방과 거실을 분리하려고 만들어 놓은 유리 미닫이
문이 보일 때, 내 속 깊숙한 곳에서 올라오는 뜨거운
것이 화인지 그리움인지 구분하기 어려웠다. 우리 가
족의 체취가 묻어 있고, 웃음소리가 곳곳에 박혀 있는
그 집의 문을 나는 이제 마음대로 열 수 없었다. 가족
이 모두 떠난 이곳, 혹시 나를 찾아오던 그들 중 누구
라도 만나면 어쩌나 주눅 들어 고개도 못 들고 다니
는 이곳에서 더는 살고 싶지 않았다.
　나만 남겨진 이곳에서 나도 떠나고 싶었다.

피해자라 부르고 가해자라 쓴다　　***

내게 꼬리표가 붙었다. 가해자의 딸.

소문은 참 잘도 자랐다. 없으면 살 수 없는 공기도 아닌데, 없어서는 안 될 것처럼 사람들 사이사이 파고들어 씨를 뿌리고 무성하게 자랐다. 잡초처럼 아무리 뽑아내 봐도 질기게 자리 잡아 그 크기를 키워냈다. 내 힘으로 막을 수 없으니 그대로 내버려두었다. 땅이 한 방울의 물도 없이 바싹 마르기를 기대하며 잡초가 스스로 죽어가기를 바랬다.

배는 작은 바가지를 하나 넣어놓은 것처럼 볼록했다. 다른 곳엔 살이 가지 않아 말랐다. 거뭇한 잡티로 양쪽 광대는 지저분했다. 잠을 잘 못 자 피부는 거칠어지고, 머릿결도 푸석했다. 내가 임산부임을 나도 가끔은 잊고 있었다. 아기는 입덧도 없고 미동도 없이 조용히 자라고 있었다.

매일 아침 눈 뜨는 게 괴로웠다. 하루를 살기 위해 밥을 먹고 배를 감싸고 앉아 부업을 했다. 큰아이는 저절로 혼자 노는 법을 배웠다. 엄마에게 전 재산을 맡겼던 나는 그것을 찾을 수 없으니 이사도 가지 못했다.

길을 걸을 땐 고개는 숙이고 있었지만, 눈은 언제나 사방을 살폈다. 그것조차 힘들어 외출은 삼갔다. 내가 돌아다닐 수 있는 곳은 내 사정을 잘 아는 이웃집 이외는 없었다. 나는 숨어다니는 죄인처럼 어둡고 그늘진 구석을 찾아 들었다. 몸도 마음도.

엄마는 그들에게 가해자였고, 그들은 내게 가해자였다. 그렇다면 엄마가 내게 가해자인가? 나는 엄마로 인한 피해자인가? 미워할 대상이 필요했다. 그게 엄마라는 것이 더 원망스러웠다. 빚쟁이들은 집을 판 돈을 나누어 가졌지만, 온전히 돌려받지 못했다. 그들에겐 원금을 받을 권리가 있었고, 그 반대의 의무는 우리의 것이었다. 우연히라도 그들을 마주치는 순간엔 온몸에 소름이 돋았다.

'지금 내게 다가오며 소리라도 지르면 어쩌지? 이 사람들이 모두 알아버리면 여기서 어떻게 살아. 이미

알고 있는 건 아닐까?'

저절로 움츠려지는 어깨, 떨어지는 고개, 흔들리는 시선을 감추며 서둘러 자리를 뜨기를 반복했다. 저들은 나를 가해자라 하는데, 나는 피해자의 행동을 하고 있잖은가. 하루는 큰아이를 데리고 시장에 다녀오는 길에 그들 중 한 명을 만났다. 피할 길 없는 좁은 길. 뒤로 돌아가기에도 늦었다. 불안한 예상은 틀리지 않았다. 내 손을 잡은 아이를 봐서라도 제발. 볼록하게 배만 부른 나를 불쌍하게 봐서라도 그냥 지나가 주길 바라는 내 기도는 소용이 없었다.

"엄마한테 연락 안 왔어? 알고 있으면서 말 안 해주는 거지? 너도 독하다. 해도 너무하네."

"…"

"내가 꼭 너희 엄마 찾을 거야. 남의 돈 떼먹고 잘 살 수 있을 것 같아?"

아무것도 모른 채 나를 바라보는 아이의 눈을 보자 피가 거꾸로 솟았다.

"찾아서 사기꾼으로 신고해요. 해도 너무한 건 아줌마들이잖아요. 이자도 받을 만큼 받았고, 원금도 어느 정도 가져갔잖아요. 이자만 합쳐도 원금은 될 것 같은

데요.”

날카로운 내 목소리에 바로 옆 상가 꽃집 주인이 나와 문 옆에 팔짱을 끼고 기대어 섰다. 호기심 가득한 눈으로 소란을 피우는 우리를 멀뚱히 바라보았다.

‘소문 속 딸이 너구나!’

하는 것 같았다. 순간 몰려오는 부끄러움에 아이 손을 휙 잡아채며 도망치듯 자리를 벗어났다. 내 머리카락이 잡힐지도 모른다는 두려움을 뒤로하고. 제발. 제발. 아무 일 없이 나를 보내주길 바라며.

엄마는 화려한 사람이 아니었다. 허영을 부리는 사람도 아니었다. 돈을 빌려서 써야 할 만큼 아빠의 경제 사정이 어렵지도 않았다. 다만 사람을 믿었을 뿐이었다. 그저 인정을 믿었을 뿐이다. 세상을 몰랐을 뿐이다.

은행직원에게 속았다. 직원에게 맡긴 돈은 직원이 사라지면서 같이 사라졌고, 같은 시기에 이모부에게서 주었던 보증이 잘못되면서 모든 게 꼬였다. 아빠에게 말하지 못하고 혼자 해결해 보려다 남의 돈까지 끌어다 쓰게 되었다. 이자가 쌓이면서 불어난 돈을 엄마는 더는 감당할 수 없었다. 그 감당은 남은 가족이

해야 했다. 나는 피해자였다. 그리고 가해자였다.

  그렇게 한참을 가해자인 나는 피해자가 되어 그들
을 피해 다녔다.

죽지만 마!

***

조용하지만 불안한 하루가 쌓이고 있었다. 엄마는 여전히 소식이 없었다. 걱정으로 피가 마르기도 했다가 엄마의 무심함에 분통이 터지고 화가 치밀어 오르기를 반복했다. 무소식이 희소식이라고 어딘가에서 잘 먹고 잘 자고 있겠지? 생각하다가도 나는 이렇게 힘든데 하는 억울함이 들기도 했다.

새벽 두 시가 넘었다. 전화기 소리는 고요한 밤을 찢을 듯이 울며 나를 깨웠다. 이런 시간에 오는 전화는 반가울 리가 없었다. 전화기에 손을 뻗어 벨을 멈추게 하는 짧은 시간 동안 온갖 몹쓸 상상이 머릿속을 가득 채웠다.

'아니야, 아닐 거야.'

"여보세요?"

"…"

전화기 너머는 조용했다. 나와 마찬가지로 전화 소리에 놀란 남편은 잠이 덜 깬 찡그린 눈으로 나를 보며 소리 없이 입술만 벙긋거렸다.

"누구? 어머님이야?"

나는 대답할 수 없었고, 다시 물었다.

"여보세요?"

"지연아, 엄마야."

서로는 전화기를 가운데 두고 흐느꼈다. 그동안 했던 걱정이 가라앉으며 몸에 힘이 풀렸다. 연락 없이 숨어버린 엄마에게 화가 나 눈물이 났다. 하나로 뭉뚱그려진 감정이 말이 아닌 울음으로 나오고 있었다.

"엄마가 미안해."

"죽지만 마."

다른 말은 생각이 나지 않았다. 밑도 끝도 없이 내 입에서 튀어나온 말은 이거였다. 모녀의 대화는 이게 전부였다. 목구멍이 꽉 막혀 더 말할 수도 없었다. 하고 싶은 말이 분명히 많았다. 소리를 지르고 화를 내고 싶었는데, 복받치는 울음이 대신할 뿐이었다. 전화기는 어느새 남편 손에 있었다. 남편은 엄마의 안부를 먼저 물었고, 집으로 돌아오라고 설득했다. 엄마가 뭐라고 하시는지 잠시 듣고 있던 남편은 지금 있는 곳이 어딘지 물었지만, 대답은 듣지 못했다.

"네, 어머님."

남편이 인사를 하고 전화를 내려놓는 모습을 벽에 등을 기대고 무릎에 얼굴을 묻은 채 듣고만 있었다. 큰 소리로 울 수도 없는 이 새벽에 울음을 삼키느라 가슴이 터질 듯 아팠다. 참고 있던 눈물이 심장을 가득 채운 것 같았다. 엄마의 핸드폰 번호를 다시 눌러 보았지만, 전화기는 꺼져 있었다. 몇 번을 다시 눌러봐도 여전했다.

"어머니가 너 버리지 말래. 미안하다고. 엄마 잘못이라고 하셨어."

엄마답다. 홀연히 사라져서는 한참 만에 전화해 사위에게 참고 살아달라고 하고 있다.

남편이지만 부끄러웠다. 아무 말도 하지 못하고 다시 누웠지만 잠이 오지 않았다. 어둠에 익숙해진 눈에 방안의 사물 형태가 뿌옇게 들어오기 시작했다. 해가 커튼 사이로 비쳐 들며 날이 밝아 올 때까지 몇 번을 더 눌러본 번호의 상대방은 여전히 대답이 없었다.

이후로도 몇 개월을 엄마는 가끔 안부를 전하는 용도

로만 전화기를 사용했다. 그 이외는 연락이 안 되었다.

임신 3개월이 되었을 때 사라진 엄마를 만삭이 되어서야 다시 만날 수 있었다.

눈물은 나지 않았지만, 어색했다. 눈을 마주칠 수 없었다. 만나면 퍼부어 줘야지 하고 기억하고 있던 말들은 생각나지 않았다. 자연스럽게 대하려고 노력할수록 점점 더 어색해졌다. 할머니를 기억하고 있던 큰아이 덕에 우리의 어색한 눈 맞춤은 끝났다. 엄마의 시선은 아이에게로 향했다. 지인의 집 방 한 칸을 빌려 살고 있던 엄마는 살려고 건설 현장의 일을 시작했다. 거칠고 힘든 일로 엄마의 분위기는 겉과 속이 모두 예전과 달랐다. 낯설었지만, 오히려 그런 엄마의 모습에 안심되었다. 몸을 힘들게 움직이면 다른 생각이 나지 않을 거고, 혹시라도 떠오를지 모르는 죽고 싶다는 생각을 할 시간도 없을 것 같았다.

결혼하지 않았더라면   ***

둘째를 낳으러 가던 날 통장 잔액은 거의 바닥이었다. 남편의 회사는 부도 직전이었고, 월급은 나오지 않았다. 전날 저녁까지 마무리 지은 부업으로 번 돈 중 13만 원을 들고 병원으로 향했다. 큰아이를 자연분만하지 못했던 나는 둘째도 수술해야 했다. 수술비를 구하지 못했다. 그래도 아이를 낳아야 했으니 '어떻게든 될 거야' 하는 마음으로 짐을 싸 병원으로 향했다. 남편과 같이.

환자복으로 갈아입고 간단한 검사를 받기 위해 대기하고 있었다. 대기실에 임산부들은 많았고, 그들의 모습은 다양했다. 유난히 큰 배를 두 팔로 받히고 허리를 한껏 뒤로 젖혀 어정어정 걷는 사람이 있는가 하면 너무나 가볍게 성큼성큼 걷는 이도 있었다. 남편의 부축을 받으며 바닥이 무너질까 살살 걸어오는 임산부도 보였다. 그들의 공통점 한가지는 새롭게 맞이할 아이에 대한 설렘이었다.

간단한 검사를 마치고 수술실로 들어가기 전 폭이 좁은 차가운 이동 침대에 누워 대기하고 있었다. 경직된 채 누워 복도의 냉한 공기를 크게 들이켜고, 천장의 형광등 불빛을 잠시 바라보다 눈을 감아버렸다. 걸어 들어가 수술대에 눕는 것이 훨씬 맘 편하겠다는 생각을 하면서. 수술실 입구에 들어서면서부터는 눈을 감고 있어 예민해진 청각 때문에 빨리 잠들게 해주길 바랐다. 금속 수술 도구 부딪히는 소리, 의료진들의 자기들만 알아들을 수 있는 말소리가 잔잔한 음악에 실려 있었다. 약간의 수치심과 불쾌함을 동반하며.

"추워."

회복실. 정신이 차려지지 않은 상태지만 온몸을 휘감아 도는 추위에 몸을 떨었다. 남편은 담요를 더 가져다 덮어주며 내 옆에 다가와 앉았다. 남편의 인기척을 느끼자 내가 그에게 처음 한 말은 아기 보았어? 가 아니었다. 마취가 다 풀리지 않은 어눌한 발음으로.

"사장님한테…. 돈…. 수술비, 조금이라도…. 했어?"

남편은 말해 놓았다며, 걱정하지 말라고 했다. 간호

사가 와서 좀 더 자라고 했지만, 잠은 오지 않았다. 정신도 차려지지 않았다. 그저 너무 추웠다. 병실로 옮겨와 쉬고 있을 때, 그제야 소식을 들었다.

"돈 들어왔어. 걱정하지 말고 푹 쉬어."

이 말을 하고 남편은 큰아이를 데리러 갔다. 가슴을 무겁게 누르고 있던 돌덩이가 사라졌다. 그제야 10개월 동안 내가 겪었던 감정을 고스란히 공유했던 아이가 태어나 네 식구가 되었음을 실감했다.

다음 날 밤, 부모님이 오셨다. 여름 땡볕에 공사 현장에서 일하는 엄마는 얼굴이 까맣게 탔고, 입술은 부르터 있었다. 통통하던 엄마의 볼은 간데없고, 눈은 움푹 파였다. 고단이 온몸에 묻어 있었다. 두 분의 모습에 맘이 아렸다. 아기를 보고 웃고 있는 얼굴 한편에 드리워진 그늘은 감출 수 없었다. 잠시 앉아 있던 두 분은

"고생했어."

이 한마디를 하고 병실을 나가셨다. 손녀의 탄생을 맘껏 그리고 길게 기뻐할 여유가 두 분에겐 없었다. 나를 보기 안타까워서. 뱃속에서 고생한 손녀에게 미안해서. 엉망인 상황 속에서도 떠나지 말라고 붙잡은

사위를 제대로 볼 수 없어서.

엄마 아빠의 야윈 얼굴, 초라한 옷차림, 어두운 표정, 쫓기듯이 찾아와 잠시 머물고 다시 그렇게 가버린 두 분이 남긴 여운은 길었다. 집 없이 떠도는 친정 가족들을 두고 나만 편하게 있는 것 같았다. 이런 마음이 자꾸 들게 하는 친정 가족이 미웠다.

결혼하지 않았다면? 내 가족을 꾸리지 않고 예전처럼 모든 수입을 엄마에게 줄 수 있다면 두 분의 삶이 지금과 같지 않을지도 모른다. 아이들이 태어나고는 내 가정, 내 아이들이 우선이 되었다. 친정을 도와야 한다는 윤리적 판단은 내 가족이 먼저라는 이기적 판단이 항상 눌러 버렸다. 그 팽팽한 줄 위에서 난 항상 어쩔 줄 모른다. 그들을 보고 있으면 미안해서 화를 내고, 속상해서 소리를 지른다.

'왜 이렇게밖에 못 사느냐고? 왜 사람 마음을 이렇게 불편하게 만드냐고'

이 고함은 내 가족을 우선에 두고 사는 나를 향한 소리라는 것을 안다.

결혼하지 않았더라면….

숨 쉴 틈을 좀 주세요   ***

5년이었다. 5년 동안 사건들은 숨 쉴 틈 없이 우리 가족을 구석으로 몰았다.

꼬리를 물고 넘실대는 파도처럼 차례차례 그 모습을 드러냈다. 가족 전부는 발버둥 쳐 간신히 숨을 쉬고 있었다.

동생의 갑상샘암 수술, 할머니의 죽음, 이모부의 자살, 보증으로 인한 내가 사는 집의 경매 통보 등. 이런 사건들을 버티며 나는 동생에게 상처를 주었고, 다시 돈을 빌려달라 전화하는 이모의 전화번호를 지웠다. 숨이 쉬어지지 않는 날들은 매일 반복되었다. 그 하루를 넘기면서 내일은 평범하게 보낼 수 있기를 바랐다. 더 큰 산이 앞에 나타나지 않기를 말이다.

엄마 아빠는 작은 방을 하나 얻어 살고 있었다. 두 분이 함께 있고, 어디 사는지 안다는 것만으로 나는 마음이 평안했다.

하지만, 늘 그렇듯 고요함이 머무는 순간은 짧았다. 오랜만에 본 아빠의 얼굴이 좋지 않았다. 몸무게도 갑자기 5kg이나 빠졌다고 했다. 아빠에게 병원에 가보는 게 좋겠다고 말했다. 별일 아니라 생각하고 있었지만, 그날부터 엄습해 오는 불안을 잠재울 수는 없었다.

검사를 받은 며칠 뒤 겁먹고, 흥분한 목소리로 엄마에게서 전화가 왔다.

"병원에서 보호자 오라고 하는데 엄마 무서워서 못 가겠어. 같이 좀 가자."

나는 아니기를 바라면 꼭 그렇게 되는 저주에 걸렸는지도 모른다. 그렇다면 항상 나쁜 쪽으로 소원을 빌어야 그 반대의 결과를 얻을 수 있는 것인가?

아빠의 위암 진단. 내가 지금까지 겪었던 일 중 가장 힘든 시간이었다. 생각을 제대로 할 수 없을 만큼 내 이성은 마비되었다. 아무것도 손에 잡히지 않았다. 아빠를 잃는 꿈으로 잠을 제대로 잘 수 없었다. 밥도 먹을 수 없었다. 꿈속에서의 흐느낌이 현실까지 이어진 것인지 남편은 나를 흔들어 깨우곤 했다. 누구든 무엇이든 아빠에게 이러면 안 된다고 생각했다. 14살에 혼자 상경해 이뤄놓은 모든 걸 잃었는데 건강까지 가져가는 건 너무했다.

'아빠 인생도 참···.'

가슴이 터질 듯 숨을 들이켜 보지만 시원해지기는커녕 아프기만 하다. 답답하다. 걱정을 잔뜩 이고 있는 엄마 그리고 나와는 반대로 정작 본인인 아빠는 차분했다.

나는 암 전문 병원을 수소문 했지만, 대기자가 너무 많았고, 아빠는 그럴 필요 없다고 했다. 집 가까운 곳에 있는 대학병원에서 수술하기를 원하셨다. 수술 전날까지 아무 일 없다는 듯이 일하셨다. 입원하는 날. 아빠 가게 문 앞에 붙여놓은 종이엔 이렇게 쓰여 있었다.

'건강상 이유로 잠시 쉽니다. 곧 다시 열겠습니다'

내 기억 속 아빠는 한 번도 이렇게 오랫동안 가게 문을 닫아 둔 적이 없었다. 아빠에게 처음인 긴 휴가를 이렇게 가는 게 내 마음 한쪽을 멍들게 했다.

아빠 이름 옆 '수술 중'이라는 단어를 바라보며 기다리는 시간은 길었다. 수술은 잘 되었다고 했지만, 조금의 위도 남기지 못했다. 회복실로 옮겨진 아빠를 제대로 볼 수 없었다. 그 모습이 낯설어서. 보험까지 해약해 빚을 갚아버려 혜택을 받을 수 없었다. 아빠의 병 앞에서 돈 걱정하는 내가 너무 싫었지만, 그게 현실이었다. 다행히 병원에서 알려준 방법으로 중증 환자 등록을 하고 나라의 도움을 받을 수 있었다.

회복하고 치료하는 동안 아빠는 괴로워했다. 전 재산을 잃어버렸을 때도 엄마에게 화 한번 내지 않던 아빠는 수술 후 미뤄 두었던 모든 짜증을 부리는 것 같았다. 수술 후유증으로 가끔 심하게 꼬이는 장은 극심한 통증을 동반했다. 진통제로도 잘 듣지 않았다. 이런 날은 아빠의 고약이 좀 더 심해졌다. 60kg이 넘던 아빠의 몸무게는 잘 먹지 못해 49kg이 되었다. 피부는 메말라 비듬이 허옇게 일었다. 머리카락은 빠르게 백발이 되어갔다. 병자의 짜증을 엄마는 인내하며 받아내었다. 잘 먹지 못하는 아빠를 위해 음식을 만들었다. 입에 맞지 않아 먹을 수 없다며 쏟아내는 아빠의 투정을 받아들였고, 그대로 묻어버렸다. 두 분은 고통을 같이 아파했다. 하지만 긴 병에 효자 없다고 어느 순간 엄마도 힘들어하며 불평했다.

"아빠 변덕 때문에 엄마가 먼저 죽겠다. 너희 아빠

변했어.”

나는 엄마를 이해해 주려 하지 않았다. 아빠가 무슨 말을 해도 어떤 행동을 해도 기꺼이 참아내라 했다. 엄마는 그래야만 하는 거라고.

“엄마가 아빠에게 진 빚 갚는다고 생각하고 불평하지 마. 아빠는 다 잃었어도 엄마 옆에 있었잖아. 그러니까 엄마도 그래야지.”

남들에게 하지 않는 모진 말을 참 잘도 뱉었다. 엄마에게.

축복받지 못한 아이   ***

기억이 항상 정확하진 않다.

슬픈 기억은 곱씹어 생각하면 할수록 감정이 덧칠되어 더욱 비극이 된다. 반면 분명 기쁜 순간도 있었을 텐데, 그때의 기쁨은 물 젖은 화선지처럼 힘이 없다. 슬픔은 유채색으로 남고, 기쁨은 무채색으로 남아 있어 안타깝다.

짙은 먹구름 같았던 엄마의 상황을 모르던 때. 내겐 목표가 하나 있었다. 외로워 보이는 큰아이에게 동생을 만들어 주겠다는 목표. 넉넉한 살림은 아니지만 아이 하나쯤 더 키워낼 젊음이 있었고 자신도 있었다.

기다리던 임신 소식이었기에 남편보다 엄마에게 먼저 알려야겠다고 생각했다.

엄마는 첫 아이 소식을 전했을 때도 크게 기뻐하며 술 한잔하는 아빠와는 좀 달랐다. 감정 표현에 서툰 엄마. 나도 그런 엄마를 닮았기에 충분히 이해할 수 있었다.

"엄마, 나 OO이 동생 가졌어. 이번엔 딸이면 좋겠다."

내가 상상도 할 수 없었던 엄마의 반응

"미친년, 속도 좋다. 지금 때가 어떤 때인 줄 알고? 가! 너희 집으로."

말문이 막혔다. 할 말을 찾지 못해 그저 당황스럽기만 했다. 엄마라면 내 엄마라면 이럴 수는 없다. 서운함에 눈이 무거워졌다. 눈물을 보이긴 싫었다. 겨우 참고 내 집으로 돌아와 분을 참지 못해 방안을 서성였다.

엄마가 말하는 '지금 다가올 그 비참한 때' 는 내가 만든 것이 아니었다. 아이의 잘못은 더더욱 아니었다. 잔잔하던 일상을 흔들어 놓은 사건이 수면 위로 떠오른 후 모든 가족은 정신을 차리기 힘들었고, 수습에 여념이 없었다. 나도 남편도.

아이는 내색도 없이 조용히 자랐다. 임신 초기에는 성장 속도가 많이 늦었다. 17주가 되어갈 무렵, 기형아 검사 결과 알림을 받았다. 보통은 전화로 알려주고 마는데 병원으로 오라는 연락이었다. 아이가 8주쯤 지났을 때부터 나는 친정 일로 사람들에게 시달리며 심한 우울감을 느끼고 있던 터라 혹시 아이에게 그 영향이 갔을까 걱정하며 병원을 찾았다.

마주 앉은 의사는 검사지인 것 같은 서류를 훑어보았다.

"이 검사 결과가 정확하지는 않아요. 산모의 스트레스에도 영향을 많이 받고, 그래도 정확하게 하는 게 좋으니까 소견서 써 줄 테니 큰 병원 가서 양수 검사해 보는 게 좋겠어요." 했다. 피검사 소견이 좋지 않았다. 초음파로는 판단할 수 없다는 말을 의사는 덧붙였다. 지나치게 친절한 목소리로 의사는 한 마디 더했다.

"왕왕 있는 일이에요. 별일 없을 겁니다."

소견서를 받아 들고 집으로 가 남편을 기다렸다. 다음날 남편과 찾은 대학병원 산부인과는 개인병원 산부인과에서 느낄 수 있는 따뜻한 분위기는 찾아볼 수 없었다. 온통 흰색과 옅은 회색의 벽으로 둘러싸여 있었다. 벽 곳곳에 붙어있는 여러 가지 질병 검사 안내문이 분위기를 더욱 삭막하게 만들었다. 낯설어서 두려웠고 그래서 더 불안했다. 이름을 부르는 소리가 들렸다. 남편과 나란히 의사 앞에 앉았다.

"양수 검사 위험하기도 하고 돈도 많이 드는데 이거 꼭 할 건가?"

검사비는 당시 우리에겐 꽤 많은 돈이었다. 나는 결과를 알고 싶다고 대답했다. 의사는 다시 물었다.

"결과 안 좋으면 안 낳을 건가?"

나는 대답하지 못했고 남편은 낳을 수 없다고 말했다. 검사실로 들어가 누워있는 동안 내내 귓가를 맴도는 말.

'안 낳을 건가?'

아무 일 없을 거라고 수십 번 반복해도 그중 한번 나쁜 생각이 비집고 나오는 통에 미칠 것 같았다. 긴 바늘을 보고 긴장한 탓에 배가 단단히 뭉쳤다. 양수도 적었고 아이가 바늘 들어갈 자리를 내주지 않아 검사는 시간이 꽤 걸렸다. 검사 결과가 나오기까지 4주가 필요했다. 4주 동안 아이는 많이 자라지 않았고 나도 잘 먹지 않았다.

'안 낳을 건가?' '낳을 수 없습니다.'

이 대화가 머릿속을 꽉 채운 채 4주가 흘렀다. 이 생각만으로도 나는 죄인이었다.

너무나 다행스럽게도 결과는 정상이었다. 결과가 나

온 날 이후 배는 하루가 다르게 불러왔다. 숨 막히게 불안했던 지난 4주 치를 한 번에 크는 것처럼.

작은 아이에게 난 언제나 미안하다. 나에게 온 순간부터 좋지 않은 감정을 공유한 일. 아이를 두고 몇 번이고 나쁜 생각, 나쁜 말을 했던 일. 태어나서도 따뜻하게 안아주지 못했던 것. 모든 게 그렇다.

VIP 대출자　　　　　　　　　***

카드 빚을 갚을 길이 막막했다.

목돈이 필요했지만 집을 판 돈은 우리 손에 일원도 들어올 수 없었다. 부동산 사장님은 우리에게 중개수수료 달라는 말도 못 할 정도의 처참한 형편이었다. 아빠 몸 하나 쉴 작은 월세방 얻을 돈도 남기지 못했다.

꽁꽁 싸 감추어 두었던 큰아이 돌 때 받은 금반지와 혼수를 포함해 팔 수 있는 것들을 모두 처분해야 했다. 가진 것을 탈탈 털어가며 해결해 나가고 있었지만, 빚은 줄어들 기미를 보이지 않았다. 아빠도 보태주고 있었지만 부족했다. 다시 새로운 대출을 받아 막아내야만 했다. 빚으로 빚을 막아내는 방법밖에는 떠오르지 않았다.

뭐 눈에는 뭐만 보인다고 그즈음 벽마다 붙어있는 대출 정보 전단이 내 눈에는 너무나 잘 띄었다. 대부

분 담보 대출이었기에 이미 담보 잡혀 있는 집으로는 할 수 있는 게 없었다.

경제, 금융, 투자. 이런 것은 하나도 몰랐던 때라 방법을 찾아 해결할 생각도 하지 못하고 그때그때 보이는 구멍만 막기에도 숨이 찼다.

빚 독촉을 하러 금융권에서 나오는 사람들은 엄마를 찾는 사람들과는 달랐다. 이들이 찾는 사람은 엄마가 아니라 바로 나였다. 내가 쓰지 않은 내 이름으로 된 내 빚이었다. 그들은 예의 바르고 점잖았다. 욕설과 고성 없는 낮은 목소리. 막무가내로 돈을 달라 하지 않았다. 법정 절차를 차분히 설명하고 앞으로의 일 진행 순서를 이야기했다. 조용하지만 묵직한 협박이었다. 엄마를 찾아내라 소리치던 사람들보다 이들이 더 소름 돋게 무서웠다. 너무 조용해서 더 체계적이어서 무서웠다. 하지만 난 가진 게 없었다. 집도 재산도 없었고 우리가 가진 건 남편 명의 차 한 대뿐이었다.

'기껏 해 봐야 신용불량자 되는 거지 뭐'

될 대로 되라 하다가도 방법을 찾고 있었다. 이자에 이자가 붙어 눈덩이처럼 불어나는 카드 빚을 막아내는 일이 한계에 도달했다고 느꼈을 때 은행을 찾았다.

뭐가 되었든 상담이라도 해 보자는 생각이었다. 처음 찾아가 보는 은행 대출 창구 앞에서 번호표를 뽑아 들고 기다렸다. 앉아 있는 직원들 머리 위 모니터 화면에 집중했다. 차례가 왔다.

"카드에 관한 건 여기서 대출이나 상담 불가능해요."

화장기 없는 얼굴, 검은 긴 머리를 하나로 단정하게 묶고 좀 작은 듯 보이는 유니폼을 입은 눈 밑이 나만큼 어두운 직원이 말했다.

"카드 담당하시는 분 연락처 드릴게요. 그분과 상담해 보세요."

무척이나 사무적인 말투에 기가 죽었다. 메모지에 적은 전화번호를 들고 집으로 돌아왔다. 어차피 또 빚일 텐데. 달라질 게 없을 거라는 생각이 들었다. 선뜻 전화할 용기가 생기지 않았지만, 다른 방법은 없다. 이자가 늘어날 날짜는 또 다가오고 있었다. 전화를 들어야만 했다.

통화는 짧았으며 은행에서 만나자고 했다.

다음날 내 기준에 최대한 초라해 보이지 않는 옷으로 골라 입고, 생기 없는 입술에 옅은 색을 바르고 은행을 찾았다. 그곳에서 난 이 사태가 일어난 이후 처음으로 사람대접을 받았다고 느꼈다. 담당자는 나를 귀빈실로 안내했다. 직접 커피를 타 주며 친절하게 대했다. 서글서글 웃는 모습이 가식적으로 느껴졌다.

"진작 알아보시지, 그럼 좀 덜 힘드셨을 텐데."

나를 이해하는 것인지 동정하는 것인지 헷갈렸다. 아무것도 몰랐다고 말하지 않았다. 창피해서. 그저 그 사람이 가리키는 곳에 서명하며 알겠다는 척 고개를 끄덕이다 물었다.

"길게 천천히 갚을 수 있는 거죠?"

여러 번의 서명으로 가장 큰 금액이 연체된 카드 빚은 한 번에 갚을 수 있었다. 나는 할부 갚듯이 이자를 포함해 다달이 일정 금액을 갚아 나가면 되었다.

또 다른 채무자가 된 그날 난 VIP였다. 돈을 빌려 쓰고 상당한 이자를 더해 갚아 나갈 나는 은행, 카드 회사 그리고 그 담당자의 실적에 도움을 줄 그런 사람이었다.

충분히 대접받아 마땅한 사람이었지만, 은행을 나오며 유리문에 비치는 내 모습은 초라했으며 멍청해 보였다.

겨우겨우 빚을 갚아 가면서 카드는 모두 잘라 버렸고 다시 만들지 않았다. 20년을 나는 카드 없이 살았

다. 돈 씀씀이를 줄이기 위해서였고. 카드 회사의 배
를 불려주는 VIP가 더는 되지 않으려고 그랬다.

부끄럽지 않은 차상위계층   ***

아이를 업은 등은 앞으로 굽어 있고, 어깨는 말려 있었다. 업은 아이의 무게가 무거워서가 아니었다. 문을 열고 한 걸음씩 몸을 들이밀고 있는 나는 주눅 들어 있었다.

사람들 많은 시간을 피하려 아침 일찍 왔는데도 벌써 와 있는 사람들이 있었다. 준비해 온 서류를 꺼내고 담당 창구 앞으로 갔다. 발목에 모래주머니를 감은 것처럼 걸음걸음이 무거웠다. 더운 날도 아닌데, 얼굴에 뜨거움이 느껴졌다. '당신의 하소연은 듣지 않겠어'라고 쓰여 있는 듯한 무표정한 얼굴, 안경 너머로 보이는 눈은 피로와 귀찮음으로 흐렸다. 너무 꽉 다물고 있는지 입술 양쪽으론 작게 우물이 파여 있다. 미간 사이로 흐르는 세 줄기의 주름 때문에 그에게 말 붙이기가 더 조심스러웠다.

"저기요."

주위의 어수선함이 목소리를 빨아들여 작게 들렸다. 건너편에 앉아 있는 나이 지긋한 공무원은 서류를 정리하느라 고개도 들지 않은 채 코끝에 걸린 안경 위로 눈만 치켜뜨고 쳐다보았다. 무슨 일 때문에 왔냐고 묻는다. 차가운 그의 태도가 더욱 움츠러들게 했다.

남편의 희망과는 달리 회사는 나아질 기미가 보이지 않았다. 내가 부업으로 버는 돈 50만 원가량으로 빚을 갚고, 생활하기엔 턱없이 부족했다. 농사짓는 시댁에서 기본적인 먹거리는 가져올 수 있다지만 그 외 생활은 전부 돈이 필요했다. 다시 직장을 구해야 했다.

당시엔 지금처럼 보육지원금 제도가 잘 갖추어져 있지 않았다. 아이 봐줄 사람이 없으니 두 아이를 모두 어린이집에 보내야 했고 당시 내 경제 상태로는 불가능했다. 저소득층이건 차상위계층이건 뭐가 됐든 아이들만 어린이집에 보낼 수 있으면 된다는 생각이었다. 서류를 살펴보던 그는 빚을 갚고 있다는 증빙 서류가 필요하다고 말하며 서류를 다시 돌려주었다. 부족한 서류를 더 준비해서 한꺼번에 가져오라는 말과 함께.

직장을 구하려면 면접을 보러 다녀야 했기에 하루라도 빨리 아이를 어린이집에 보내야 했다. 맘이 급한 나는 그 길로 은행으로 가 카드사로 빠져나가는 입출금 기록을 떼어 달라고 하고, 통장의 사본을 떼어 다시 주민센터로 향했다. 아이를 업고 바쁘게 움직이니 9월의 날씨에도 땀이 흘렀다. 숨이 차며 헉헉거리는 숨소리도 숨겨지지 않았다.

"접수됐고요. 연락 갈 겁니다"

여전히 사무적인 그는 얼굴도 보지 않고, 받아 든 서류를 양손으로 잡아 책상 위에 두어 번 내리친 뒤 가지런히 정리했다.

'젊은 사람이 일도 하지 않고, 뭔 빚을 이렇게 많이 졌어.'

라고 생각하는 것 같았다. 해야 할 일을 했다는 후련함과 내 몸 어딘가 구멍이 뻥 뚫려 바람이 세는 것 같이 몸이 가라앉은 기운 빠짐이 동시에 밀려왔다.

'보육지원금 받아야 하는데.'

입도 크게 벌리지 않고 웅얼거리며 주민센터를 나왔다. 열흘 남짓 지난 후에 연락이 왔다. 차상위계층. 당시엔 이것으로 인해 어떤 혜택을 받을 수 있는지는 중요하지 않았다. 아이들 보육비가 무료라니 그저 감사하고 만족했다.

다음날부터 나는 다시 아이를 업고 이곳저곳을 돌아다니며 어린이집을 알아보러 다녔다. 3월 시작이 아닌 9월이어서 빈자리가 없었다. 겨우 찾은 곳은 교회에서 운영하는 곳이었다. 다섯 살 첫째에게 이제 갓 돌 지난 동생을 잘 돌보아야 한다는 무거운 책임감을 얹어 주었다.

면접을 보려 다니는 일도 수월하지 않았다. 짧다고 생각한 4년의 경력단절. 사회에서는 그렇게 생각하지 않은 모양이었다. 취업은 쉽지 않았으며 아이들 하원시간에 맞춰 퇴근 할 수 있는 직장은 더 찾기 힘들었다. 겨우 취업한 곳은 박봉이었기에 부업도 놓을 수 없었다. 이른바 투잡의 시작이었다.

매일 정신없이 지내고 있던 어느 날. 우편 한 통이 왔다. 그즈음 나는 우체국에서 우편이 오면 가슴이 심하게 뛰고 손이 떨리는 증상을 겪고 있었다. 다행히 발신인은 주민센터였다. 차상위계층에게 나오는 쌀을 주민센터로 와서 가져가라는 안내문이었다.

보육지원금 그거면 되었다. 다른 건 바라지 않았다.

쌀을 받으러 가는 내 모습은 싫었다. 내가 빈곤한 이들을 바라보던 동정 섞인 시선이 나를 향할 수 있다는 생각이 밀려왔다. 누군가 혀를 차며 나를 조롱할 것 같았다.

"쯧쯧, 젊은 사람이"라며

나는 부끄러워하고 있었다. 다만 그렇지 않다고 스스로 다짐을 하고 있었을 뿐.

3장.
75년생 맏이가
역경을
이겨내는 법

허리는 펴고 목은 꼿꼿하게   ***

처음이었다. 낯선 사람 앞에서 한참을 울었다. 부끄러웠지만 마음이 조금은 가벼워지는 걸 느낄 수 있었다.

"뭐가 그리 힘들어요?"

병원을 찾았을 때 나는 의사가 하는 질문에 아무 말도 대답하지 못했다. 입이 열리기 전 쏟아지는 눈물이 볼을 타고 흘러 입술을 덮어 버렸다. 목구멍이 꽉 막혀 소리를 내려고 해도 나오지 않았다. 삶의 의지가 무너지는 복잡한 이유를 한마디 말로 간단한 단어로 표현하기 어려웠다. 같은 자세로 앉아 얼마나 시간을 흘려보냈는지 알 수 없었다. 눈물이 더는 나오지 않을 때까지 울었다.

책상 건너편엔 희끗희끗한 머리카락, 얼핏 보면 누가 환자인지 구별할 수 없을 정도로 창백한 얼굴에 약간 구겨진 가운을 입고 있는 의사가 조용히 기다렸다. 의사 역시 눈물을 닦을 수 있도록 화장지를 건네줄 뿐 그 어떤 위로의 말도 없었다. 의사의 행동에 더 북받치는 울음의 이유가 뭔지 몰랐다.

한참을 울다 창피함이 몰려왔다. 울음은 멈췄지만, 고개는 들지 못했다.

내가 '네'라고 대답할 수 있었던 의사의 질문은 "다음 주에 또 오세요. 간호사가 예약 잡아 드릴 거예요." 뿐이었다.

'정신건강의학과'

일, 육아, 살림, 채무에 지쳐가던 나는 말이 줄고 살이 말라 생기를 잃고 있었다. 내게 남은 감정은 화뿐인 것 같았다. 원래도 자신감 없고 소극적이던 내 성격이 일련의 일들을 겪으며 바닥까지 내려가 있었다. 남들의 시선이 두려웠다. 다가오는 사람은 그 의도가 무엇이든 일부러 밀어냈다. 갑자기 솟구치는 화를 참을 수 없었으며 아이들에게 포악을 부렸다. 훈계가 아니었다. 상대를 잘못 찾아간 분풀이와 같았다. 물건을 던지고 악을 썼다. 다른 사람들에게서 받은 상처를 다시 돌려줄 사람은 엄마도 남편도 아니었다. 나에게 먼지만큼의 상처도 주지 않은 아이들이었다. 그런 행동뒤에 밀려오는 죄책감으로 자는 아이들을 바라보며 괴로워하는 날들이 반복되었다. '이러지 말자' 매일 하는 지켜지지 않는 다짐을 수백 번은 했다. 아침에 눈이 떠지지 않기를 수천 번 기도했다. 보이지 않는 불안과 우울은 넝쿨 식물이 나무를 감아 오르며 조이는 것처럼 나를 감아 돌고 있었다. 감정의 조절은 어려웠고, 내겐 그럴 의지조차 없었다. 남편은 이런 내가 걱정되었을까? 아니다. 어쩜 보기 싫었을 것이다. 남편이 먼저 권유했다. 치료를 받자고. 이렇게 살 수는 없다고. 아이들을 이런 상태로 키울 수 없었다. 남편 손을 잡고 병원을 찾았다.

울기만 했던 첫 상담을 마치고 의사는 내게 매끼 6개씩 먹어야 하는 약을 주었다. 어떤 약이 어디에 효과가 있는 건지 묻지 않았다. 독한 약을 더 많이 준다고 해도 먹었을 것이다. 아이들을 웃으며 대할 수 있다면. 아이들을 향해 소리 지르지 않을 수 있다면. 때리지 않을 수 있다면. 미안해서 가슴이 터질 것처럼 아프지 않을 수 있다면.

약은 마치 롤러코스터를 타는 것 같았던 감정을 잔잔한 호수의 물결처럼 부드럽게 만들었다. 그것은 마취로 몸을 마비시키는 것처럼 감정을 마비시키고 있었다. 치료를 받는 동안은 조금 피곤하고 잠이 많아지긴 했어도 평범한 일상을 보낼 수 있었다. 아이들도 내 눈치를 살피지 않았다. 그리고 밝아졌다.

한 주에 한 번 가던 상담을 한 달에 한 번으로 줄이면서 약의 수도 줄였다. 6개월을 약에 의지해 살다 치료를 그만두기로 했다. 나를 믿지 못해 걱정스러웠으나 의사가 당부한 대로 산책을 하고 운동을 해 보기로 했다. 집 앞 태권도 학원에서 운동을 시작했다. 태권도, 복싱, 발차기, 줄넘기. 시키는 운동은 모두 했다. 마지못해 시작한 운동은 하루하루 더해질수록 절대 없어선 안 될 일과가 되었다. 목구멍에서 비릿한 맛이 올라올 정도로 열심히 뛰었다. 운동복이 온통 젖을 정도로 땀이 흐르는 날은 만족감이 더 컸다. 몸은 근육통으로 아프고 쑤셨지만, 머리는 맑아졌고, 마음은 편안했다.

엄마를 친정을 남편을 그리고 나를 원망하며 사는 건 그만두어야 했다. 곧 초등학교에 입학할 큰아이를 위해서도, 나를 보며 자랄 작은 아이를 위해서도 조금은 당당해져야 했다. 쌓이는 나뭇잎처럼 지난 일들을 쌓아두고 지금의 하루하루를 그 속에 숨어 살 수는 없었다. 땅만 보던 고개를 들어 앞을 바라보고, 주눅 들어 굽어진 어깨와 허리는 곧게 펴야 했다. 당당하게 자신 있게 견뎌야 할 날들이 더 많을 테니.

용서받은 배신자   ***

아이가 없어졌다. 앞이 보이지 않았고, 아무 소리도 들리지 않았다. 회사에서 집까지 오는 길은 멀었다. 미친 듯이 뛰는 심장 소리 말고는 내 귀에 어떤 소리도 들리지 않았다.

남편은 이직한 회사에 적응하느라 매일 퇴근이 늦었다. 아이들을 맡길 사람이 없어 작은 아이는 야간 보육을 신청했다. 큰아이는 보육이 끝나면 혼자 집에 와 내가 출근할 때 만들어 놓은 삶은 달걀, 토스트, 샌드위치 등을 간식으로 먹고 태권도 학원에 갔다. 몇 달을 아이는 한 번도 이 순서를 어긴 적이 없었다. 집에 들어가면 나에게 전화하는 것도 잊지 않았었다. 학원은 한 시간 수업으로 등록을 했지만, 관장님은 내가 퇴근할 때까지 아이를 체육관에서 맘껏 놀게 해 주셨더랬다.

"어머님, 00이 올 때가 한참 지났는데, 아직 안 오네요."

관장님 전화였다. 한 시간이 지나있었다. 집에 도착했다는 아이의 전화가 없었다는 걸 난 그제야 알아챘다. 당시엔 아이들에게 휴대전화를 사줄 생각도 못 했었다. 연락할 방법은 집 전화뿐이어서 전화기 옆에는 A4 용지에 아빠, 엄마, 이모 전화번호를 크게 써 놓았다.

버스정류장까지 달렸다. 버스를 기다리면서도 내 두 발은 종종 뛰고 있었다. 택시라도 빨리 왔으면. 도로로 두어 발짝 들어가 연신 손을 흔들어 댔다. 퇴근 시간이어서 택시도 쉽게 잡히지 않았다. 얼마나 지났을까? 택시 안에 앉아 있는 내 손은 어린이집, 태권도 학원, 우리 집, 다시 태권도 학원으로 전화를 하고 있었다. 어디에도 아이는 없었다. 아이 친구 엄마 전화번호를 하나도 모르고 있는 나의 좁은 인간관계와 성격을 원망했다. 울음이 터질 것 같았다. 다 내 탓이었다. 모든 게 다 내 죄였다.

택시 기사에게 돈을 던지듯 주고 거스름돈 받을 생각도 못 하고 집으로 뛰었다.

어느새 밖은 어두워졌다. 혹시 집으로 올지 모를 아이를 생각해 집 안의 모든 불을 켜 놓고 태권도 학원으로 갔다. 같이 운동하는 아이들의 집 전화번호를 받아와 한 집씩 전화했다. 전화번호가 한 개씩 지워질수록 옥죄는 불안함에 온몸은 더 빳빳이 굳었고,

'혹시 우리 아이 못 보셨어요?'

묻는 목소리는 더 떨렸다. 네 번째 전화번호를 눌렀다. '안녕하세요?' 인사를 물을 겨를이 없었다. 다짜고짜 아이 이름을 부르며

"거기 있나요?" 했다. 아이가 있었다. 태권도 가기 싫다며 집으로 온 두 아이를 집에서 놀게 했다는 상대방의 말.

"00이가 엄마 회사에서 늦게 온다며 집에 혼자 있기 싫다고 해서 우리 애랑 저녁 먹이고 지금 놀고 있어요."

긴장하고 있던 근육이 순식간에 녹아내리는 것 같았다. 창백했던 얼굴에 다시 피가 돌았다. 아이는 바로 뒷동에 있었다. 내가 크게 이름을 부르면 들을 수 있는 거리에 있었다. 찾았다는 안도감은 잠시였다. 아이를 보자마자 화가 났다. 찾으면 안아 주려 했는데. 도망 못 가게 꼭 붙들어 안고서 통통한 볼에 얼굴을 비비려 했는데, 왜 화가 나는 걸까?

친구 엄마에게 고맙다 인사하고 아이를 데리고 집으로 와 다시는 이러면 안 된다고 나무랐다. 없어진 몇 시간은 죽을 것 같았는데, 나는 또 후회할 일을 만들었다.

이 일이 있고 집과 거리가 먼 직장은 그만두었다. 집 근처에서 아이들을 돌보며 할 수 있는 일을 찾다 작은 보습 학원에 취직했다. 초등학생만 가르치는 곳이라 퇴근도 빨랐고, 원장님의 이해 속에서 나의 아이들은 퇴근할 때까지 이곳에서 한글, 주산, 독서 등을 공부할 수 있었다. 내 눈앞에 아이들이 있으니 더 없이 맘은 편했지만, 아르바이트 수준의 월급이 내겐 턱없이 부족했다. 나는 학원에서 일하면서 과외를 시작했다. 운이 좋아서였는지 아니면 열심히 한 덕인지 소개가 늘었다. 늘어나는 수업에 집마다 방문할 시간이 부족해지자 학원을 그만두기로 했다. 내가 직접 작은 공부방을 차리기로 마음먹었다. 원장님은 서운해하면서도 응원해 주셨다. 진심으로.

장소를 물색하다 내가 업을 시작하기로 한 곳은 바로 일하던 학원 앞. 나를 응원해 주던 원장님의 학원 바로 앞이었다. 배신자가 되었다. 일부러 의도한 것은 아니었다. 내 모든 상황에 맞는 곳이 그곳이었기 때문이었다. 아무 말 없이 원장님의 뒤통수를 때리는 일을 벌일 수 없었다. 찾아가 조심스럽게 그리고 정말 죄송하다며 말씀드렸다. 바로 요 앞이라고. 내 새 일터가.

"어차피, 선생님이 거기 있어도 나에게 올 애들은 나에게 올 거고 안 올 애들은 안 와. 나한테 안 오는 애들 다른 사람 아니고 선생님께 가면 좋지!" 했다.

배신자라 생각할 수도 있었을 테지만 반대로 나는 원장님의 응원을 받으며 그렇게 50m도 안 되는 거리에 일터를 마련했다. 나였다면 원장님처럼 말할 수 있었을까? 원장님께 미안한 마음을 조금이라도 덜어내기 위해 한동안 나는 기존에 하던 아이들 이외 초등학생은 받지 않았다. 초등학생을 원장님께 소개하기도 하고 원장님 또한 중학생들을 그렇게 해 주셨다. 원장님의 고등학생 아들까지 맡아 미친 듯 일했다. 쉬는 날도 없이. 아이들을 가까이서 돌보기 위해 시작한 일은 서서히 그 목적을 잃었다. 급기야 아이들만 집에 두는 날이 많았다.

아이들보다 공부방 일이 더 중요한 것이 되었다.

삼대가 쌓은 덕   ***

남편의 이력서는 무척 길다. 이력서의 경력란을 얼핏 보면 꽤 나이가 많은 사람의 경력인 것처럼 보였다. 중간중간 적지 않은 것이 있었음에도 길게 늘어선 이직의 흔적이었다.

2000년대 초반이었던 당시 세계 경제 상황은 어려웠다. 내게도 그 영향이 미칠 거라고는 생각도 하지 못했다. 남편은 게으르지 않았다. 남 못지않은 실력도 있었다. 친정 일이 터지면서 동시에 일어난 남편 회사의 파산. 어쩜 그리도 맞아떨어졌는지.

회사 사장은 남편의 학교 선배였다. 그놈의 정이 뭔지 바로 그만두고 떨어져 나왔어야 했지만, 남편은 월급도 나오지 않는 회사에 계속 남아 회사가 살아나기를 기다리며 일했다. 시간이 흐를수록 사정은 더 어려워져서 결국 밀린 월급을 포기한 채 이직하기로 했다.

급하게 먹는 밥은 체하게 마련이다. 깊은 고민 없이 선택한 회사들은 모두 부실했다. 다시 월급이 나오지 않았고, 또 이직해야 했고, 그리고 또다시 월급이…. 반복이었다.

집에 머무는 시간이 많아진 남편과 달리 난 공부방과 부업일로 바빠졌다. 우리의 사이는 말로 표현하거나 크게 싸우지 않았어도 보이지 않는 벽이 생긴 듯했다. 대화가 줄었고 내 입에서 나오는 말들로 남편은 가끔 상처를 입었다. 내가 의도했건 의도하지 않았건 그랬다. 남편은 나의 말을 돈 버는 여자의 잘난 척으로 받아들였고 나는 남편의 말을 잔소리로 생각하고 무시했다. 남편은 일이 잘되지 않아 답답하다 외롭다는 말을 자주 했지만 바쁜 나는 '시간이 많아 저렇구나!' 하고 받아들였다. 그 차이는 좀처럼 좁혀지지 않았다. 그 와중에도 남편은 구직활동을 열심히 했다.

하루는 퇴근한 나에게 남편이 말했다.

"오늘 면접 보고 왔는데, 취업 될 것 같아. 그런데 회사가 좀 멀어."

지방에 있는 회사여서 주말부부로 지내야 한다고 했다. 회사 기숙사에서 살아야 한다고. 나는 좋다 싫다 말할 수 없었다. 좋다고 하면 서운해할 것 같았고, 싫다고 하면 남편은 다시 일자리를 알아보는 상태가 되어야 했기 때문이다.

"너는 어쩌고 싶은데?" 내가 물었다.

남편은 생각할 시간이 필요하다고 했지만, 선택의 폭이 넓지 않은 건 그도 알고 있었다.

일요일 저녁 남편은 간단한 짐을 챙겨 지방으로 내려갔다. 주말부부의 생활이 시작된 것이다. 처음 며칠은 아빠를 찾는 아이들에게 미안했다. 남편은 나와는 종종 다투었지만, 아이들에겐 하늘 아래 다시 없는 아빠였기 때문이다. 시간이 도와 아이들도 아빠 없는 하루가 익숙해졌고 나 또한 그랬다.

"주말부부구나! 3대가 덕을 쌓아야 할 수 있다잖아. 그건."

지인들은 이런 농담을 하며 나를 부러워했다. 솔직히 나도 편했다.

공부방 수업이 끝나면 늦도록 집에서 손 부업을 했다. 밤에 부업을 하면 죄짓는 일이 아님에도 항상 남편의 눈치를 보았었다. 부스럭거리는 나의 작은 움직임 소리가 남편의 잠을 방해했기 때문인데 이제 눈치를 보지 않아도 되었다.

"피곤하다고 하지 말고, 일찍 자! 그거 해서 얼마나 번다고."

'도와주지도 않으면서? 이 일이 도움이 얼마나 많이 되는데.'

걱정을 사서 하는 나는 이런 남편의 태도를 이해하지 못했다. 그도 악착을 떠는 내가 보기 싫었을 테다. 서로를 바라보는 마음이 차가워질 때쯤 우리는 떨어져 살게 된 것이다. 다행이었을지도 모르겠다.

남편이 오는 토요일은 집밥을 해 줘야 한다는 의무감이 들곤 했다. 특별한 음식은 아니어도 아이들과 마주 앉아 한 끼 먹을 수 있도록 말이다. 날씨가 좋은 일요일이면 남편은 아이들을 데리고 어디든 나가려 했다. 나도 종종 동행하였지만, 밀린 일이 많을 땐 따라나서지 못했다.

"넌 애들보다 일이 더 중요하지?"

당시 나는 그랬다. 일이 제일 중요했다. 돈이 제일 중요했다. 아이들이 먹고 싶다는 걸 사주지 못하는 게 싫었다. 크리스마스 선물을 아이가 원하는 것이 아닌 그것보다 훨씬 저렴한 걸 사주면서 산타 할아버지 핑계를 대고 싶지 않았다. 친척들이 택배로 보내주는 헌 옷에서 아이에게 맞는 옷을 골라 입히는 게 싫었다. 돈 없는 게 정말 싫었다. 주말부부로 지내는 동안 남편은 그곳에서 나는 이곳에서 각자의 일을 했다. 카드빚을 다 갚았으며 아이들 이름으로 적금도 시작했다. 만들어 사용하던 마이너스 통장도 없앴다.

부부 사이도 함께 할 때보다 나아졌다. 돈을 모아가는 재미를 붙였을 무렵.

"이제 다시 집으로 올래, 나 가족이랑 있고 싶어."

외로움을 많이 타는 남편은 집이 그립다며 회사를 다시 옮기길 원했다.

3대가 쌓은 덕 때문인지 떨어져 산 그 몇 년 동안 우리 집의 경제 상황은 나아졌다. 아이들은 내 손을 타지 않을 만큼 자랐으며 나도 하는 일에서 자리를 잡았다. 모든 게 좋아졌다고 생각했지만, 남편의 속이 비어가고 있었다는 걸 알아채지 못했다. 윤기 없는 까칠한 남편의 얼굴 때문일까 아니면 남편의 감정을 이해할 만큼 내게 마음의 공간이 생겼을까 남편이 안쓰러웠다.

"그래, 그러자." 했다.

열혈 투잡러   ***

'아무 일도 없이 이렇게 평온한 시간을 보내도 되는 걸까?'

'이럴 시간이 아닌데, 뭔가를 해야 하는데.'

가끔은 미풍도 불지 않는 잠잠한 시간이 한없이 두려워질 때가 있다. 그저 즐기면 되는 시간인데 그러지 못했다. 대신 앞으로 일어날 일들을 상상하는 것으로 그 시간을 가득 채우곤 했다. 불안이 습관이 되어버렸다.

친정 일이 있고 얼마간 나는 남편의 눈치를 보며 살았다. 그의 기분을 살피고 친정 소식은 자연스레 숨겼다. 그가 뭐라 하는 건 아니었다. 그렇게 생각하지 말라는 주위 사람들의 말은 전혀 도움이 되지 않았다. 나를 만나지 않았다면 그의 인생은 달라졌을 것이다. 남편이 취업하는 회사마다 좋은 결과를 얻지 못했던 것도 내 탓인 것만 같았다. 머릿속을 차지한 생각들을 없애는 방법 중 가장 좋은 것은 일에 미치는 거였다.
아들 없는 가난한 집 맏딸의 역할도 아들만 둘인 집
의 맏며느리 역할도 싫었다. 일. 그저 일에 집중하는
시간 동안은 오로지 나만 생각하면 되었다.

쉬는 날 없이 아이들을 불러 보강을 했다. 그 노력은
그들을 위해서이기도 했지만 나를 위한 것이기도 했
다. 토, 일 특강반을 만들어 쉬는 날을 없앴다. 오후 1
시에 출근해서 밤 11시 퇴근했다. 계절이 바뀌며 변하
는 나뭇잎의 색도 알아채지 못했고, 콧속으로 스미는
공기의 차이도 느끼지 못하며 집과 4인용 테이블 3개
가 놓여있는 작은 공부방만 오고 갔다. 30대 40대 내
세상은 이 두 곳이 전부였다. 땅에 떨어진 뭐라도 찾
는 사람처럼 고개는 늘 아래를 향해 있었고 걸음은
빨랐다. 여유로움은 사치였다. 남편이 내게서 들을 수
있는 가장 흔한 말은 "안돼, 부업해야 해" 또는 "주말
에 수업해야 해" 였다

일을 열심히 한다고 해서 내가 그 일을 좋아한다고
볼 순 없었다. 아이들의 성적이 나를 판단하는 기준
이 되는 것에 피곤함을 느꼈다. 내 능력의 부족함을
느끼는 날들도 많았다. 아이들을 향한 순수한 인정은

점점 사라졌다. 그들의 성적이 나의 수입이라는 생각에 아이들을 몰아쳤다. 그럴수록 그들의 부모는 나를 더 신뢰했다. 가끔은 내가 누굴 상대로 일하고 있는지 헷갈렸다. 견디지 못한 아이들이 나를 떠나기도 했지만, 그들 중 일부는 다시 돌아오기도 했다. 30분의 거리를 마다하지 않고 이곳으로 오는 아이. 군대 간다며 머리를 짧게 자르고 인사 오는 아이. 전역했다며 박카스 한 상자 들고 오는 아이. 아르바이트 월급 받아 내가 좋아하는 아이스 아메리카노 사 오는 아이. 가끔은 밥 또는 술 사달라고 전화하는 아이까지. 이들을 보면서 나는

'그래도 내가 어떤 이에겐 괜찮은 사람이었구나!' 생각했다.

오전에는 집에서 부업을 했다.

"취미가 뭐예요?" 묻는 말에 대답할 것이 없었다. 취미생활은 곧 일이었다. 오전 시간만 할 수 있는 일을 찾아보았지만 내 입맛에 맞는 마땅한 일자리는 쉽게 나오지 않았다. 부업만으로는 성에 차지 않아 아예 사업자등록증을 내고 남편과 함께 부업을 확장 시켰다. 두 가지 일을 하기에 체력보다 더 모자란 건 시간이었

다. 부족한 시간은 만들면 되었고, 시간을 만들 방법은 단 하나. 잠을 줄이면 되었다. 살림은 그냥 두었다. 최소한 해야 할 일만 했다. 아이들도 스스로 자랐다. 아이들을 향한 애정이 나보다 높았던 남편이 있어 다행이었다. 한 달 목표 수입을 정해두고 그것이 채워지면 만족하는 게 아니라 목표를 더 높였다. 만족이 없었다. 일만 했다. 나는 하고 싶은 것도 갖고 싶은 것도 없다고 말했다. 노는 방법도 모른다고 했다. 시간이 생기면 그냥 누웠다. 그때 나는 표면적으로는 일은 좋아하는 사람처럼 보였을지도 모른다. 일에 미친 사람.

사람들은 무엇이든 같은 일을 10년 동안 하면 전문가가 될 수 있다고 말한다. 나는 이 일을 20년째 하고 있지만, 아직도 매일 준비를 하고 여전히 매일 실수를 한다. 그리고 밤마다 그 실수를 후회하며 잠 못 이룬다. 전문가의 영역은 그리 넓지 않은 것이 확실하다.

쉬지 않고 살아 빚을 갚았고, 30평대 집을 샀다. 공부방이 내 것이 되었으며 노년의 미래를 대비하기 위해 작은 상가도 사 두었다. 이사하는 날 좋아하는 나와는 반대로 오래되어 낡은 아파트가 작은 아이에겐 실망스러웠던 모양이다. 아홉 살 된 아이는

"엄마, 다른 애들 아파트는 다 영어 이름인데 우리 아파트는 왜 촌스러운 한글 이름이야?"

라며 울먹였다. 나는 한글을 영어로 바꿔 말하며 달래려 했지만 통할 리가 없었다.

여전히 난 아무것도 안 하는 시간이 불안하다. 이것이 나를 포기없이 움직이게 하는 동력이 되었다. 지금 나는 또 다른 일에 도전하고 있다.

난 일 중독자다.

욕심이 나를 잡아먹으려고 해   ***

동서를 처음 만난 날 내 모습은 초라하기 그지없었다. 나보다 7살 아래인 20대 초반 그녀의 모습은 생기 있고 발랄했으며 아름다웠다. 무릎까지 내려온 검은 치마에 하얀 블라우스를 넣어 단정하게 입고, 갸름한 턱은 곱게 빗어 내린 생머리로 더 돋보였다. 옅은 화장을 한 얼굴은 어색하게 미소 짓고 있었다.

당시 나의 사정을 알지 못했던 시동생이 여자친구를 소개해 주고 싶다고 했을 때, 나는 그들의 방문을 반길 처지가 아니었다. 그들을 위해 무언가를 할 의욕도 없었다. 사실은 다 귀찮았다고 해야 맞을 것 같다. 목이 늘어난 남편의 스웨터에 헐렁한 고무줄 바지로 출산일이 얼마 남지 않은 불룩한 배를 가렸다. 감지 않은 머리는 한 가닥도 새어 나오지 않게 모아 묶고, 기미가 거뭇한 얼굴을 화장으로 가릴 생각도 하지 않

았다. 그저 이 어색한 시간이 빨리 흘렀으면 했다. 그
날 난 동서가 될지도 모를 그녀의 눈을 한 번도 제대
로 보지 못했다. 그녀가 볼 내 모습이 부끄러워서.

3년 뒤 시댁은 시동생의 결혼 준비로 어수선했다.

그즈음 우리는 주말이면 아이들을 데리고 무조건
시댁으로 향했다. 봄이면 날이 좋아 가고, 더우면 물
놀이를 하기 위해 갔다. 바람 좋은 가을이면 먹거리
풍성한 시댁으로 갔고, 겨울이면 얼어붙은 논, 눈 쌓
인 뒷산으로 썰매 타러 그곳으로 향했다. 명목은 어른
들을 위한 방문이었고, 또 다른 속내는 아이들에겐 추
억을 남겨주는 한편 조금씩 안정을 찾고 있긴 했지만,
턱없이 부족한 남편과 나의 경제 사정을 고려한 일이
었다.

시부모님과 시동생은 결혼 준비에 바빴다. 결혼이란
왜 그리 준비해야 할 것이 많은지? 가끔은 아버님과
시동생의 의견이 맞지 않아 분위기가 싸늘한 날도 있
었지만, 결혼 준비가 뭐 다 그렇지 않은가? 대수롭지
않게 그 과정을 지켜보고 있던 어느 날. 아버님과 시
동생이 신혼집 마련하는 일로 얘기가 오고 가고 있었
다. 다른 문제들은 모두 건성으로 들었는데, 왜 유독

신혼집을 두고 하는 두 분의 의논 소리는 또박또박 내 귀에 박혔던 걸까. '나도 이 지긋지긋한 집에서 떠나고 싶다'라는 바람이 있어서 그랬을까.

'전세가 아니라고? 나는 13평 전셋집에서 시작했는데, 20평이 넘는 아파트를 살 거라고?'

이때였다. 쓸데없고 어리석은 욕심이, 심술이 생겼다. 내가 이렇게 사는 건 남편의 잘못도 아니며 시댁의 그것은 더욱이 아니었다. 내 부모의 실수로 가지고 있던 돈도 모두 날려버린 것인데. 아무것도 알지 못하는 시댁에 심술을 부리려 하고 있었다. 마음을 다스리지 못했다. 시댁에 가기 싫었고, 시동생의 결혼 준비에 대한 어떤 소리도 듣고 싶지 않았다. 나보다 훨씬 더 좋은 시작점에서 시작하는 두 사람이 부러웠다. 나에게 아무 일도 일어나지 않았고, 남편의 직장이 안정적으로 돌아갔다면 그런 마음이 들었을까? 내 부모의 흉을 시부모님께 보이기 싫어서 한 번도 솔직히 말하지 않으면서 내 처지를 몰라준다고 혼자 심술을 부리고 있었다.

'저도 좀 도와주세요'라고 속으로 말하며.

"우리는 집도 없이 전세로 시작하고 지금 이렇게 힘들

게 사는데, 도련님은 시작부터 안정적으로 시작하네.”

애초부터 혀가 꼬여 있어 제대로 된 말을 못 하는 사람처럼 내 입에서 나오는 말마다 비꼬는 소리였다.

“너희 집 일 때문에 우리가 살기 힘든 거잖아”

라고 나를 탓 할 만도 한 남편은 아무 대꾸가 없었다.

시동생이 결혼하고 나서 집들이 초대했던 토요일. 나는 모든 사소한 일에 짜증을 부리고 있었다. 아이들에게 입힌 옷이 마음에 들지 않았다. 내 행색이 싫었고, 기분 좋은 듯이 집들이 선물을 고민하는 남편이 미웠다. 잘 꾸며져 있을 동서네 집이 보기 싫었다. 보고 나면 더 부러워질 것 같아서.

시동생 신혼집을 본 후 눈덩이처럼 커진 욕심이 그 질투가 나를 잡아먹으려 하고 있었다. 13평 전셋집에서 시동생과 함께 재밌게 살았던 추억은 깊이 묻혀 버리며 부러움에 화가 났다. 그 화가 나를 비열한 사람으로 만들었다. 친정보다 편하던 시댁이 가기 싫었다. 시동생의 말 한마디 한마디가 불편했고, 동서와 친해지지 못했다. 직장 운 없는 남편에게 상처 주는 말을 쉽게 했다. 원인은 언제나 내 마음속 욕심이었다.

큰아이가 1학년 입학하기 전 가을 어느 날이었다.

"너 때문에 내가 나쁜 아들 됐다."라며 이사 준비를 하라는 남편의 갑작스러운 말.

"뭔 소리냐?" 어이없어하는 나에게

"네 욕심 때문에 내가 아버지한테 손 벌렸다고."

당황스러웠고, 기뻤고, 죄송스러웠다. 그리고 몹시 부끄러웠다. 마음이 어쩌면 그리도 간사한지. 죄송함과 부끄러움은 잠시였다.

사건 사고 잦은 이 집에서 아이들 학교 보내고 키우기 싫다는 나 때문에 남편은 아버님께 부탁을 드렸던 모양이다. 아버님은 빚을 내어 돈을 보태 주셨고, 우리는 이 지긋지긋한 집을 나와 좀 더 넓은 전셋집으로 옮길 수 있었다. 나의 욕심이 아버님의 빚으로 채워졌다.

나에게 넘어온 빚을 그토록 힘들어했으면서 나도 아버님께 똑같은 행동을 해 버리고도 내 안에서 생기는 돈에 대한 욕심은 나를 쉽게 놓아주지 않았다.

젊은 사람이 왜 이럴까?　　　　　***

　돈은 버는 것보다 쓰는 게 더 중요하다고 했다. 개처럼 벌어서 정승처럼 쓰라는 말을 내 멋대로 실천했다. 무조건 모으고 쓰지 않기로 말이다. 이 말들의 속뜻은 중요하지 않았다. 투자와 같은 다른 방법은 알지 못했다. 알았다 하더라도 작은 손실에도 벌벌 떨었을 나였기에 내가 아는 방법은 하나뿐이었다. 나는 억척스럽게 일했고, 아꼈고, 모았다. 이런 억척은 나에게만 머물지 않았으며 남편에게 그리고 아이들에게 강요되었다. 내가 정해 놓은 생활의 기준에 그들은 맞춰 살아야 했다. 어쩌면 숨이 막혔을지도.

　모든 걸 아꼈다. 옷은 사치품이었고, 단정하고 냄새만 나지 않으면 되었다. 아이들의 옷은 시골에 사는 작은 어머님이 헌 옷을 택배로 보내주셨다. 엉망으로 뒤엉킨 옷 중에서 적당한 걸 골라 입혔다. 내가 몇 년을 입었던 겨울 외투도 옆집 사는 언니가 준 것이었다. 전기, 수도, 식비를 아끼는 건 기본이었다. 아이들을 위해 사다 먹는 우유 팩은 깨끗이 씻어 말려 모아 둔다. 10장을 모아 주민센터에 가져가면 10ℓ 쓰레기 봉투 한 장과 바꿔 주었다. 지금도 이 습관은 버리지 못하고 이어지고 있다. 일 년 계약하고 2년을 볼 수 있다며 상품권까지 준다는 말에 솔깃해 신문을 보기 시작했다. 매일 오지만 제대로 읽지 않은 신문을 그냥 버리기 아까워 모으기 시작했다. 잘 정리해 집에서 나오는 다른 종이류와 공부방에서 나오는 문제집까지 모아 집 한쪽 구석에 쌓아 놓았다. 처음엔 쓸 일이 있을지도 모른다는 생각으로 모아 두었던 것이지만 나중엔 팔아야겠다는 생각이 들었다. 가끔 텔레비전에 나오는 저장강박증 환자들이 집을 쓰레기장으로 만들어 놓는 걸 보면서 이러지 말아야지 하면서도 쉽게 버리지 못했다. 심지어 그들이 이해가 되기까지 했다. 높이 쌓인 폐지는 남편이 차에 실어 고물상으로 가져가 팔았다. 가기 싫다며 투덜대는 남편에게 달래듯 말했다. 남편의 등을 토닥거리며

"내가 갔다가 학생이나 부모님들 만나면 안 되잖아."

실은 나는 부끄러워하고 있었다. 쌓인 신문지를 버리기는 아깝고 가져다 돈으로 바꾸는 것에는 용기를 내지 못했다. 당당함은 포장이었다.

한창 폐지 가격이 좋았던 그 당시엔 꽤 좋은 금액을 받을 수 있었다. 나갈 때 찌푸리던 얼굴은 간데없고, 지폐 몇 장을 흔들며 들어온 남편은 웃으며 말했다.

"오늘 애들 치킨값 벌었다. 담엔 네가 가."

외식이란 건 없었던 아이들에게 이날은 신나는 날인 것이다.

다시 생각해 보면 신문 모아 돈으로 바꾸려 하지 말고, 신문을 안 보고 구독료를 내지 않는 것이 더 바람직한 선택이었을 텐데. 욕심이 손해를 불렀다.

우리 집에 새로운 물건은 들일 수 없었다. 결혼할 때 준비한 것들이 전부였다. 가족이 늘어 필요해진 살림은 채권자들이 친정집에서 가져가지 않은 이불, 그릇, 냄비와 같은 작은 도구들을 일부 가지고 와 채웠다. 당시 친정 부모님이 사시는 곳은 살림을 채울 만한 공간이 없어 나머지는 모두 버렸다. 엄마의 살림 또한 팔 수도 없는 오래 묵은 것들이었다. 엄마의 낡은 물건을 내다 버릴 때 내 마음은 속상함보다 서러움이 컸다.

'차라리 사고 싶은 거. 입고 싶은 거. 하고 싶은 거 다 해 보고 살지. 어차피 이렇게 된걸.'

밉다가도 불쌍하고, 화가 났다가도 안타깝고, 한 사람을 향한 또 한 사람의 마음이 여러 갈래로 나뉘어 있었다. 어렵던 엄마의 젊은 날처럼 살고 싶지 않았지만, 현실을 보면 나의 젊은 날들도 그것과 다르지 않을지도 모른다는 두려움이 생기곤 했다.

"젊은 애가 왜 이렇게 살아?"

집에 쌓여 있는 신문을 보면 나를 오래 지켜본 사람도 그렇지 않은 사람도 모두 같은 말을 했다. 젊은 사람은 어떻게 살아야 하는가? 그들에게 다시 물어보고 싶었다. 나의 자린고비 같은 삶이 역시 젊은 그들에게 한심해 보였던 걸까? 이런 말을 들을 때면 나는 작아졌다. 화가 나기도 했다. 마치 내가 잘못 산다고 말하는 것 같았다. 그들은 나를 모른다. 내 경험을 모른다. 그렇다면 어쭙잖은 위로나 충고는 조심해야 하는 게 맞다.

"네가 힘든 건 아는데…." 라며 시작하는 말은 언제나 충고로 끝이 났다.

그들의 충고가 끝나면 잠시 흔들리기도 했지만, 내가 틀렸다고 말하는 그들이 틀렸다고 생각하기로 했다. 나이에 따라 옳게 살아가는 방법이 정해져 있는 건 아닐 테니까.

젊은 사람은 어떻게 살아야 하는 건지 나는 아직도 모른다. 50대가 된 지금도 어떻게 사는 게 맞는지 알지 못한다. 그저 내게 주어진 하루를 한 주를 한 달을 채워 나갈 뿐이다.

시댁에 장 보러 가요   ***

2024년 4인 가구 월평균 식비는 134만 8,000원이라는 통계청 발표 뉴스를 보았다. 우리 가족은 한 달 식비로 50을 넘기지 않았던 터라 이 뉴스가 놀라울 뿐이었다. 예전에 썼던 가계부를 아무리 뒤져봐도 100만 원 근처도 가지 못한 우리 집 식비였다. 지금까지 알아채지 못하고 있었을 뿐. 곰곰이 생각해 보면 우리 가족의 식비는 시부모님이 책임지고 있었다.

시부모님은 수도권 근처 농촌에 사신다. 예전에는 논농사를 주로 지으셨지만, 지금은 밭농사만 지으신다. 밭에서 나온 수확물은 자식들의 먹거리가 되고, 부모님께는 조금의 용돈을 만들어 준다. 지금이야 나뿐만 아니라 성인이 된 아이들도 각자의 시간을 가지려고 하다 보니 시댁 가는 일이 줄었지만, 큰아이가 고등학생이 되기 전까지 우리는 시댁 문턱이 닳도록 방문했다.

시부모님은 주말이면 아이들을 위해 냉장고에 과일, 고기, 생선과 같은 먹거리를 언제나 가득 채워 놓으셨다. 혹시 한 주를 가지 못했다면 다음 주에 들고 와야 하는 식자재는 배가 되었다. 삼시 세끼를 다 먹고도 남은 재료들은 두 손 넘치게 싸 들고 집으로 온다. 그것으로 일주일을 버틴다. 또한, 그것 중 일부는 나의 친정 부모님을 위한 것이 되었다. 시댁의 텃밭과 시부모님의 노동이 두 집을 아니 시동생 식구까지 세 집을 먹여 살리고 있었다.

시댁 주변은 계절마다 차이가 있긴 하지만 눈길 닿는 곳마다 먹거리다.

이른 봄이면 냉이를 캐어 구수한 된장국을 끓이고, 지천에 퍼져있는 달래를 뽑아 매콤하고 짭짤한 달래장을 만들어 마른 김에 밥을 싸 먹으면 다른 반찬은 들러리가 된다. 논두렁에 올라오는 쑥은 일 년 내내 먹을 수 있는 쑥개떡의 재료가 된다. 여름이면 따도 따도 줄지 않는 호박잎을 원 없이 먹을 수 있다. 풍성하게 펼쳐진 여린 상춧잎과 풋고추 하나면 밥 한 그릇은 순식간에 사라지고 없다. 줄기를 타고 올라간 오이, 가지, 토마토, 참외, 수박, 블루베리, 부추, 옥수수

등은 내가 원하면 언제나 먹을 수 있는 것들이었다. 추석이 다가오는 계절이면 뒷마당 감나무, 밤나무, 대추나무 가지는 탐스럽게 매달린 열매의 무게로 축 늘어진다. 시댁에 있는 4개의 냉장고를 다 채울 수 없어 우리 집 조그만 냉장고도 과일로 가득 차곤 했다. 겨울이면 밭들은 잠을 자고 부모님의 노동도 잠시 쉬지만, 냉장고 안은 여전히 그득하다. 장날이면 아버님의 주머니는 가벼워지고, 냉장고는 채워진다. 다음 해를 대비하는 김장을 하고 나면 볶고, 지지고, 끓여 먹을 1년 밑반찬은 준비 끝이다.

내가 사는 아파트 근처엔 큰 재래시장이 있다. 상점들이 마주 보고 있는 시장 골목은 언제나 사람들로 북적인다. 가끔 시장을 나가보지만 언제나 사 들고 오는 것은 시장 카페에서 파는 2,000원짜리 커피뿐이다. 묵을 사고 싶다가도 묵 가루가 집에 있으니 직접 쑤면 되고 상추를 사고 싶어도 시댁 텃밭에 흐드러진 상춧잎이 눈앞에 어른거렸다. 고구마를 들었다가도 조금 기다리면 캘 고구마가 생각난다. 생선 또는 고기에 눈길이 가도 냉동실을 옮겨온 그것들이 있으니 사지 않는다. 시장은 단지 산책하고, 눈이 즐겁기 위해

가는 곳이었다. 시장에 있는 물건들의 가격은 내 관심거리가 되지 못했다. 지금도 여전히 그렇다. 가끔은 시장 물건의 가격을 듣고서야 내가 먹은 것들의 가격을 알게 되어 놀라기도 했다.

경제적으로 한창 힘든 시기엔 집에서 만들 수 없으면 먹을 수 없는 것이었다. 외식은 아주 가끔 아이들을 위해 시켜 주는 치킨 또는 피자가 전부였다. 조르지 않는 아이들이 대견했다. 김치 한 접시 놓고도 밥만 잘 먹어주는 토속적인 그들의 입맛에 감사했다.

내가 10년 넘게 한 달 생활비 100만 원이 안 되는 돈으로 살아갈 수 있었던 것은 주말마다 시댁에서 장을 봐 왔고, 외식 없이 그 재료들로만 집에서 만들어 먹었기 때문이다. 돈 한 푼 들이지 않고 장바구니 가득 차도록 시댁 냉장고를 이용했었다. 나의 식비가 줄어드는 대신 시부모님의 식비는 상상할 수 없게 늘어났을 것이다. 가끔은 돈 한 푼 드리지 않으면서 친정의 것까지 챙기는 나를 마주했다. 그 뻔뻔함은 언제나 시부모님에 대한 죄송함을 거뜬히 이겨버리곤 했다. 나는 전처럼 자주 시댁을 방문하지 않지만, 여전히 두 손은 갈 때보다 올 때가 더 무겁다. 난 아직도 시장의

물가를 잘 모르고 관심도 없지만 이제 더는 공짜로
장을 봐 오지 않는다.
 우리 부부는 이제 부모님께 용돈을 드릴 수 있는 여
유가 생겼으니까.

그렇게 돈 벌어서 뭐 하려고   ***

6시를 알리는 알람 소리 없이 자연스레 눈이 떠지는 주말 아침이다. 이 아침의 분위기는 평일의 그것과 다르다. 눈을 비벼 억지로 뜨고, 출근해야 하는 남편을 위해 서둘러 아침을 차릴 필요도 없다. 자고 일어난 흔적을 그대로 얼굴에 묻힌 채 느긋하게 물 한 잔 마시면 그만이다. 맑은 날이면 은은하게 퍼지는 노란 햇살이 맘을 편안하게 한다. 우리 집 거실 창으로 보이는 잔디 깔린 운동장 위 조기축구 회원들의 움직임을 보는 것도 흥미롭다. 비가 와도 좋다. 떨어지는 빗소리는 여유로운 시간을 더욱 차분하게 만들어 줄 뿐. 비를 몸으로 느끼며 밖으로 나갈 필요 없다. 눈이 온다면 더욱 좋다. 요즘에서야 느끼는 이런 느긋한 주말 아침의 풍경을 나는 20년 넘게 누리지 못했다. 아니다. 타인의 강제가 없었으니 누리지 않았다는 게 맞다. 다시 침대로 숨어 쉬고 싶은 주말 아침을 뒤로하고 주섬주섬 출근 준비를 하곤 했다. 내가 만들어서 하는 일이었다고 해서 언제나 즐거울 리가 있겠는가. 남편에겐 눈치가 아이들에겐 미안함이 가라앉은 먼지처럼 쌓이고 있었다. 출근하기 싫은 마음은 행동으로 묻어나 움직임은 언제나 굼떴고 얼굴은 일그러져 있었다. 햇살이 화사한 주말엔 더욱 그랬다.

'이렇게 햇살 좋은 날은 별로야. 차라리 구름 낀 흐린 날이 난 더 좋아.'

내가 즐기지 못하니 싫다고 말해 버리는 것이었다.

주말에 출근하는 내가 주변 사람에게 가장 많이 들은 말은

"그렇게 돈 벌어 뭐 하려고? 우리 동네 돈은 네 주머니로 다 들어가네." 였다.

이 말은 당시 내 기분에 따라 "너 정말 열심히 사는구나!" 하는 칭찬으로 들리기도 했고, "지독하다. 그만해 돈이 그렇게 좋아."라고 하는 비꼬임 같이 들리기도 했다.

사람들의 이 말이 현실이 되길 원했다. 돈이 내 손안으로 마구 들어오길 말이다. 나는 사람들에게 언제나

같은 대답을 했다.

"뭐 하긴? 빚도 갚고, 아이들도 키우고, 노후도 대비해야지."

우문우답이었다. 시간을 투자해 노동으로 버는 수입으론 큰 부자가 될 수 없다는 걸 알지만, 내가 돈을 벌 수 있는 수단은 이뿐이었다. 시간과 노동을 팔아 돈을 벌어야 했던 첫 번째 목적인 친정으로 인해 생긴 빚은 모두 갚았다. 두 번째 이유였던 아이들 키우기도 각자의 갈 길을 찾아 품에서 벗어났으니 그 끝이 보이는 듯하다. 마지막 하나 노후 대비는 현재 진행 중이다.

내 부모는 가난하게 살았다. 지금도 그렇다. 나는 내가 편안함을 누릴 때마다 가난한 나의 부모가 생각나 맘 한구석이 아리다. 부모님의 어깨가 좁아 보이고 머리칼의 색이 하얗게 변해가면서 내 맘을 가득 채우고 있던 그들을 향한 원망은 이젠 연민으로 바뀌고 있다. 겉으로는 모진 말을 잘도 쏟아내면서 속으론 두 분을 생각하면 언제나 아프다. 언제부터인지 기억나지 않지만, 엄마가 하는 '미안하다'라는 말도 이제 더는 듣고 싶지 않다. 뻔뻔하다고 말할 수 있을 정도였던 그 당당함은 사라지고 이제 쇠약하고 초췌해진 엄마의 모습을 보는 게 싫다. 차라리 나에게 소리치며 당당하던 엄마가 훨씬 났다.

나의 아이들이 나와 같은 이런 기분을 느끼게 하고 싶지 않다. 나를 볼 때 편안함 안락함이 아닌 안쓰러움, 불편함, 죄책감을 내 아이들이 느끼게 하는 일을 만들고 싶지 않다. 이것이 얼마나 남았을지 모르는 앞으로의 시간을 위해 지금의 시간을 팔고 있는 가장 큰 이유다.

'그렇게 돈 벌어 뭐 하냐고? 이제 좀 쉬라고?' 그럴 수 없다.

나는 나를 위해 일했다. 가난한 부모를 원망하지 않기 위해서, 내 아이들에게 당당하려고 일했다. 내 60대 70대가 화창하길 바라며 노력했다

사람마다 욕심의 크기는 다르다. 나와 남편은 낮은 곳으로 떨어져 봤고, 등산하듯 언덕 하나 바위 하나를 천천히 넘어왔다. 이제 산 중턱에 올라 크게 심호흡하고 있다. 저 멀리 보이는 산 정상까지는 조금 천천히 가려고 한다. 힘에 겨워 땅만 바라보며 한발 한발 내딛느라 주위를 둘러보지 못한 게 아쉬워 지금이라도

풍경을 바라보려고 한다.

"너 그렇게 돈 벌어 뭐 하려고?"

누군가 다시 내게 묻는다면 이제 이렇게 대답할 것이다.

"하고 싶은 것 해 보고, 가고 싶은 곳 가보고, 아이들에게 부담 주지 않는 부모 되려고."

가장의 조건   ***

[가장] 1. 한 가정을 이끌어 나가는 사람.
    2. '남편'을 달리 이르는 말

2008년 호주제 폐지로 인해 가장이란 말의 두 번째 의미는 그 힘을 잃고 있는 건 아닐까?

한동안 남편을 향한 내 마음은 미안함과 미움이 동시에 존재했었다. 이른 결혼으로 친정의 모든 어려움을 나눠 가졌다는 미안함과 그의 탓이 아니었음에도 너무나 직장 운이 없는 것에 대한 미움이었다. 공부방 일이 한창 잘 되던 때, 나 때문에 먹고 산다는 생각. 그 오만함은 정도를 넘어가고 있었다. 나도 모르는 사이 나의 혀 안쪽에서 남편을 무시하는 말을 뽑아내고 있었는지도 모르겠다. 남편만 느낄 수 있었던 그런 말들.

내가 주말 오전에 출근하면 남편은 아이들을 집에서 돌보기도 하고, 먼저 시댁으로 가기도 했다. 온통 아이들을 위했던 그의 주말 시간은 큰아이가 학교 기숙사에 들어가고 작은아이가 사춘기에 접어들면서 서서히 그 쓸모를 잃고 있었다. 갑자기 생겨버린 혼자인 시간을 그는 힘들어했다. 주말부부로 살며 지방에 혼자 살 때와 마찬가지로 남편은 외로워하기 시작했다. 사람들을 만나면 써야 하는 돈을 아끼기 위해 모임을 줄이고 취미생활을 몰랐던 그의 시선은 서서히 집 밖으로 향했다. 때마침 남편이 이직한 회사는 다행히도 지난 회사들과는 달랐다. 안정된 회사에 들어가자 그는 여러 모임에 나가고 고가의 취미에 빠졌다. 남편의 행동을 이해할 수 없었다. 일에 몰두해야 할 나이에 일거리를 더 찾아서 하진 못할망정 주말마다 외출하는 그의 행동을 일탈이라 여겼다. 다툼이 늘었다. 한창 친구들과 만남이 잦던 어느 날 남편의 말에 놀라 다시 물었다.

"오토바이를 타겠다고?"

당황스러웠다. 이 남자의 숨어있던 열정이 밖으로 나오는 것이 달갑지 않았다. 말리고 싸우고 달래보았지만, 해야겠다는 그의 의지는 막을 수 없었다.

"바다낚시라고 했어? 어지간히 해." 기가 막혔다.

오토바이로 끝나길 바라던 마음은 산산조각이 나 버렸다. 남편은 오토바이와 낚시를 번갈아 즐기며 혼자였던 주말의 시간을 태우느라 정신이 없었다. 그동안 저 많은 에너지를 어떻게 숨기고 살았는지 놀라웠다.

이 무렵 내 귀엔 오토바이 사고, 낚싯배 전복 사고와 같이 평소엔 있었는지도 모르던 소식들이 많이 들려왔다. 위험하니 걱정된다고 또는 돈이 많이 드니 그만하라고 말해 보았으나 소용 없없다. 서로를 이해하려는 노력 없이 쌓이던 감정이 터지기까지 그리 오랜 시간이 걸리지 않았다. 나는 자유롭게 여가를 즐기는 그가 미웠다. 나만 애쓰고 있는 것 같은 자기 연민에 빠졌다. 반면, 그는 일 핑계로 아무것도 하지 않으려 하는 나에게 일중독에 걸린 사람 같다는 말을 하며 답답하다고 했다. 말다툼 중에 남편의 입에서 툭 튀어나온 말에 나는 헛웃음이 나 버렸다. 참을 수 없었다.

"지금 우리 집 가장이 누구야? 내가 하고 싶은 것도 못 해?"

언제 적 소리인가? 지금 시대에 '가장'이라는 말을 들먹이는 남편의 진지한 표정에 잠시 말을 잊었다.

"가장이 뭐? 가장이 꼭 남편이고 남자여야 하는 거

야? 우리 집 가장은 네가 아니라 나지. 그동안 나는 쉬지 않고 일했거든. 너랑 다르게.”

한동안 우리끼리는 심각하고 진지했던, 남들이 보면 어린애들 말장난 같은 싸움을 계속하며 서로의 희생만을 앞세웠다.

“내 월급이 너보다….”

“젊어서 놀아야지 늙으면….”

“돈이 너무 많이 들잖아.”

“그렇게 일해서 얼마나 번다고 잘난 척은.” 등

치졸하고 유치한 싸움을 말이다. 내가 생각하기에 무책임한 일탈인 남편의 취미생활은 싸울 힘을 상실하고 말다툼도 귀찮아진 요즘도 여전히 진행 중이다. 골프까지 더했으니 남편의 주말 시간은 언제나 부족하다. 남편과 나는 서로의 수입이 얼마인지 모른다. 생활비 통장을 따로 만들어 놓고 사용한다. 나머지 금액은 각자 알아서 관리한다. 남편은 한 번도 묻지 않았지만 나는 남편에게 가끔 묻는다.

“도대체 월급이 얼마야?”

“내가 월급 못 줄 때 네가 얼마나 나 무시했는지 모르지? 내가 당한 서러움을 생각하면 나도 내 돈이 필요해. 궁금해하지 마!”

“그래, 취미생활 하시려면 돈 필요하겠지!”

사실은 말이다. 나는 남편에게 가족에게 인정받고
싶었다. 정말 고생 많다고. 힘 많이 들겠다고. 애쓰고
있다고. 좀 쉬면서 가도 된다고. 이런 말이 듣고 싶어
더 짜증을 냈다. 더 화를 냈다. 나의 오만함이 남편을
무시하는 행동으로 발현되는지도 모른 채.

잘 사용되지도 않고 그 의미조차 희미해지는 ‘가장’
이라는 단어를 두고 우리 부부는 더는 승자 없는 우
스운 싸움을 하지 않는다. 가장이 뭐 특별할 게 있을
까? 가족을 이루는 구성원 모두가 가정을 이끌어 가
는 가장인 것을.

치킨 한 마리. 피자 한 판   ***

　모아 놓은 신문과 문제집을 팔아야 치킨을 시켜 먹을 수 있었던 두 아이는 이제 성인이 되었다. 지금은 신문을 모으지도 않고, 집에서 만드는 음식만 먹도록 강요하지도 않는다. 아이들이 먹고 싶어 하는 것을 사 주지 못해 생기는 미안한 마음을 더는 갖지 않는다.

　30대 내게 왔던 지독한 가난은 길고 힘들었다. 그 고비를 넘기는 동안 나는 시댁에선 몸으로 때우는 며느리였으며 친정과는 거리를 두고 싶어 하는 딸이었다. 남편에겐 지독한 아내, 아이들에겐 냉정한 엄마였다. 앞으로 어떤 일들이 기다리고 있는지 알 수 없지만, 현재는 그 끝이 보인다. 고단했던 지난 나날들이 이제는 추억이 되었다.

　내 화장대 거울에는 사진 한 장이 붙어있다. 그 사진을 볼 때마다 입가엔 미소가 번지지만 마음은 아프다. 그러면서도 치워 버리지 못하는 이유를 정확히 설명하기 힘들다. 사진을 보면서 초심을 잃지 않기 위해서도 아니며 그 시절이 그리워서는 더욱 아니다. 사진은 그저 그곳에 계속 있을 뿐이다. 사진 속 두 아이는 컵라면 하나를 가운데 두고 있다. 두 아이는 누가 봐도 남매임을 알 수 있을 정도로 닮았다. 젓가락질을 제대로 배우지 못해 나무젓가락 사이에 면 한 가닥씩을 걸어 놓고 머리를 맞대고 있다. 사진 찍는 아빠를 바라보며 환하게 웃고 있는 아이들의 양 볼과 콧등은 추운 날씨 탓에 불그레하게 터 있다.

겨울방학임에도 아이들을 신나는 곳으로 데리고 나갈 여유가 우리에겐 없었다. 남편이 궁리해 낸 곳은 역시 시댁 근처 논에 물을 얼려놓은 썰매장이었다. 당시 남편과 내가 가지고 있었던 현금은 만 원. 큰아이 작은아이가 탈 썰매 하나씩 빌리는데 각 3,000원씩 6,000원을 썼다. 믿을 수 있겠는가? 정말 만 원 한 장뿐이었다는 것을? 그때, 우린 그랬다.

추운 줄도 모르고 신나게 놀던 아이들은 콧물을 줄줄 흘리고 있었다.

"춥다. 몸 좀 녹이고 다시 나오자."

두 아이의 썰매를 끌며 뛰어다닌 남편이 아이들보다 더 지쳐있었다. 논 옆에 임시로 지어놓은 비닐하우스로 아이들을 데리고 들어갔다. 그 안은 고소하고 따뜻한 군고구마, 달콤한 냄새 풍기는 봉지 커피, 얼큰한 국물이 일품인 여러 종류의 컵라면, 따뜻한 국물에 적당히 불은 어묵을 팔고 있었다. 아이들이 먹고 싶다는 걸 모두 사주기엔 가지고 있는 돈이 부족했다.

"하나만 골라봐. 간단하게 먹고 할머니네 가서 조기 구워 밥 먹자."

할머니 밥과 반찬을 제일 맛있는 것으로 생각하던 아이들은 군말 없이 수긍하고 컵라면 하나를 집었다. 그곳에서 파는 컵라면은 끓는 물과 김치를 포함해 3,000원. 남편과 나는 남은 1,000원으로 봉지 커피 한 봉을 사서 나누어 마셨다. 아이들이 먹던 컵라면이 왜 그리 맛있어 보이던지. 우리 부부는 지금도 컵라면을 먹을 때면 그때 얘기를 하곤 한다. 지금 생각하면 부부가 어쩜 그리 융통성이 없었나 모르겠다. 어머님께 몇만 원 빌려도 되었을 텐데 말이다. 말하기가 왜 그리 어려웠는지.

컵라면 하나를 나누어 먹어도 만족하고, 할머니 김

치찌개가 가장 맛있다던 아이들은 이제 각자 닭 한 마리, 피자 한 판을 먹어 치운다. 어려웠던 시절이 지금이 아니라 그때였다는 게 얼마나 다행인지 모르겠다. 20대 초반 아이들의 먹성은 무서울 정도다.

남편이 기분 좋게 술에 취해 들어온 날 밤.

아이들은 이때다 싶었는지 아빠에게 야식을 먹자고 졸랐다. 남편은

"먹고 싶은 거 다 시켜." 하며 지갑을 열어 카드를 건네며 너스레를 떤다. 각자 먹고 싶은 것이 달라 치킨 한 마리와 피자 한 판을 시켜 놓고 각자의 몫을 맛있게 먹는 아이들을 보며 남편은 감상에 빠져 말했다.

"아빤 행복하다. 너희들이 먹고 싶다면 고민하지 않고 그냥 사줄 수 있는 지금이 좋다." 그의 진심이었다. 나도 그랬다. 작은 아이는 20년 전 당시엔 천 원이었던 주먹밥과 찐빵처럼 커다란 왕 만두를 지금도 먹지 않는다. 너무 많이 먹어 냄새도 맡기 싫다나. 나와 남편은 퇴근이 언제나 늦어 아이들 저녁을 챙겨 먹일 여력이 없었다. 큰아이가 좀 자라 스스로 챙겨 먹거나 해 먹을 수 있기 전까지 아이들은 주로 이 두 가지로 저녁을 때웠더랬다.

　치킨 한 마리와 피자 한 판을 동시에 배달시켜 먹는 것으로 생활 수준이 크게 향상되었다고 말할 수는 없지만, 컵라면 한 개를 두 아이에게 나누어 먹였던 그때를 생각하면 지금이 더할 나위 없이 행복하다.

4장.
어그러진
관계 회복기

여전한 어깨 위의 짐　　　***

여전히 나의 부모는 삶이 고되다.

3년 전 은퇴한 아빠의 꿈은 전국을 돌아다니며 산을 타고, 시골 할아버지들의 머리카락을 잘라주며 봉사하는 것이었다. 그러다 운전이 힘들어지면, 고향으로 내려가 지금은 비어 있는 할머니가 사시던 시골집에 머물 생각이셨다. 엄마는 못마땅해하는 아빠의 느긋하고 여유로운 성격에 딱 맞는 바람이었다. 나와 남편은 아빠를 응원하며 내가 타던 SUV와 아빠의 승용차를 바꿔 타길 권했다. 아무래도 캠핑은 승용차보다 SUV가 더 나을 것 같았다. 꿈에 부푼 아빠는 그 차의 뒷좌석을 개조하여 캠핑카를 만들었다. 엄마와 같이하길 원하셨지만, 엄마는 그럴 생각이 전혀 없었다. 완성된 캠핑카를 자랑할 때의 아빠는 마치 소년 같았다. 술도 드시지 않고, 그렇게 많은 말은 하는 모습을 처음 보았다. 비쩍 말라 좁아진 어깨가 당시엔 잔뜩 부푼 듯 보였다. 하얗게 센 머리카락도 목덜미부터 까만 머리카락이 나오고 있었다. 희망과 즐거움이 아빠의 젊음을 되돌려 놓은 듯했다. 그토록 신이 나 만들었던 세상에 단 하나뿐인 아빠의 캠핑카는 한 번도 제대로 달려보지 못한 채, 지금 지하 주차장 한자리를 차지하고 멈춰 있다. 꿈이 꿈으로 남았다.

지난 어버이날 막걸리 세 통을 사서 엄마 아빠를 찾았다. 위암 완치 판정을 받은 후부터 한 잔씩 드시는 막걸리는 아빠의 건강 음료가 되었다. 배도 부르고 소화도 잘된다는 이유에서다. 아빠의 주장이었고, 말려봐야 소용없다는 것도 알았다.

남편과 한 잔씩 나누어 마신 막걸리병이 세 병째 비어 갈 때, 뱉어내는 아빠의 한마디

"아빠 차 너희들이 가져다 써라. 캠핑도 다니고 해. 저렇게 세워두기 아까워서."

"왜요? 아버님 쓰셔야죠."

남편은 만류했다. 나도 남편의 말에 맞장구를 쳤지만, 아빠의 꿈이 실현되기 힘들다는 생각이 머릿속을 맴돌았다.

"이제 운전도 그만둬야 할 판에 무슨…."

말을 흐리는 아빠는 옅은 미소를 띠고 있었지만, 그 미소가 너무나 어색하게 느껴졌다. 입은 웃고 눈은 슬퍼 보이는 아쉬움 가득 담긴 체념의 미소였달까. 순간 아빠가 많이 늙어 보였다. 평소엔 느끼지 못했던 감정으로 고추냉이를 한 움큼 입에 문 것 같은 찌릿함이 코끝에 머물렀다.

현재 엄마 아빠는 교대 근무를 하며 혼자 조카를 키우는 동생을 돕기 위해 함께 살고 있다.

아빠는 노년의 꿈을 늦게 만난 어린 손녀와 바꾸었다. 70대 중반의 아빠와 막노동으로 모든 관절이 삐걱대는 엄마. 두 분이 함께라고 해도 아이 키우는 일이 쉬울 리 있겠는가. 더 젊었을 때도 안 하던 일을 지금에서야 하려니 두 분은 지쳐가고 있었다. 조카의 재롱에 매 순간 웃음으로 보상받는다 하더라도 쌓이는 육체의 피곤은 사라질 리 없다. 힘들어하는 두 분을 볼 때면 동생의 결정으로 힘들어진 건 가족인 것 같아서 동생이 미워질 때가 있다. 다른 한편 엄마 아빠에게 서운한 맘이 들기도 했다. 내가 아이들을 키울 때는 도와줄 수 없었던 아빠 엄마의 상황을 알면서도 맘에 움트는 감정은 어쩔 수 없다. 밉다가도 안쓰럽고, 화를 내다가도 밥 한 끼 해 드리고 싶은 마음. 보기 싫다가도 걱정되고, 냉정하게 뱉어내는 말과는 다른 나의 행동들 모든 게 이중적이다. 갈피를 잡지 못하고 흔들리는 마음 탓에 더 보기가 불편한 나의 친정. 나의 가족이다.

지금까지 나는 엄마가 내 어깨 위에 올려놓은 짐만을 생각하며 살아왔다. 억울해하며 부모는 자식에게 그러면 안 된다고 여겼다. 그러니 나는 엄마를 아프게 해도 된다고 엄마는 이런 나를 견뎌내야 한다고 말이다. 내가 어떤 말로 엄마를 멍들게 하든 엄마는 참아야 한다는 보상 받아 마땅하다는 마음으로 가득했다.

특별할 거 없는 반찬으로 저녁을 차려 엄마, 아빠를 모셨던 어느 날.

"네가 해주는 밥이 제일 맛있다. 밥 먹은 거 같네. 잘 먹었어."

카랑카랑 힘 있던 엄마의 목소리가 삶아 놓은 시금치처럼 흐늘거렸다. 동생의 아이만 봐주는 것이 내게 미안하다 했다. 어쩔 수 없지 않냐며. 그때도 어쩔 수 없었다고.

시간이 지나면 고여 있는 물도 썩다 못해 마르기 마
련이다. 나도 그렇다. 원망하던 마음도 미워하던 마
음도 부모이기에 희석된다. 엄마 아빠를 대하는 것이
조금 편해지길 바라는 맘이 생기는 건 나이 들어가는
부모를 바라보는 나 또한 나이 들어가기 때문인지도
모르겠다.

난 엄마가 아니잖아　　　　　　***

　사람 사는 세상이니 얼마나 많은 사건 사고가 일어나겠는가? 내 일이 아님에 안도하고 그저 감사하며 살아갈 뿐이지. 하지만 그 많은 일 중 크든 작든 꼭 한 가지 정도는 나를 스쳐 간다. 가끔은 버티지 못하고 넘어지기도 하지만, 결국 다 지나가긴 하더라. 그래서 다시 또 살아지고 어떤 것은 잊게 되고.

　요즘 국민 엄마라 불리는 '김혜자' 배우가 출연하는 '천국보다 아름다운'이라는 드라마에 푹 빠져있다. 얽히고설킨 전생과 현생을 잇는 관계를 상상력 있게 풀어내는 이야기다. 드라마의 내용보다는 그녀의 연기에 스며들고, 그녀가 풀어내는 대사에 동감하며 보고 있다. 나도 주변의 모든 사람과 어떤 인연이 있어 관계를 만들어 가고 있겠지? 좋든 나쁘든 말이다.

　세 모녀. 전생에 무슨 사이였길래 현생에 모녀지간

으로 만났는지 알 수 없지만, 그들을 대하는 내 감정
은 복잡하기만 하다. 사람들이 흔히 말하는 것처럼 아
무래도 전생에 내가 두 여인에게 다 갚지 못한 빚이
있음이 틀림없다.

아이들을 모두 독립시키고 처음으로 일 이외 다른
것을 해 볼 생각을 했다. 도서관 평생학습 프로그램에
있는 독서 모임, 글쓰기 등의 수업이었다. 낯선 환경
에 적응이 쉽지 않은 사람인지라 처음은 말할 수 없
이 어색하고 불편했다. 시간이 약이라고 차츰 익숙해
졌다. 절대 놓을 수 없을 것 같았던 일까지 줄여가며
한창 그 재미에 빠져있을 무렵이었다.

동생은 첫 결혼을 정리하고 엄마 아빠와 가까운 곳
에서 홀로서기를 시작했다. 안정된 직업을 가졌고, 독
립심이 강해 혼자도 즐기며 잘 살아가는 동생이었지
만, 부모에겐 아픈 손가락이었다. 아빠는 동생이 혼자
가 되어 돌아온 일로 처음 사위 앞에서 눈물을 보였
더랬다. 아무 일 없이 지내는가 싶던 어느 날. 동생은
가족에게 알리지 않고 이사를 가버렸다. 적잖이 충격
을 받은 우리에게 동생이 한 말은

"좋은 사람이 생겼어."

이후로는 가족들의 생일이나 명절에만 혼자 찾아와 얼굴을 비출 뿐이었다. 좋아한다던 사람은 소개해 주지 않았으며 이름도 알려주지 않았다. 아무리 캐물어도 잘살고 있다는 대답만 있을 뿐이었다. 우리는 사는 곳도 알지 못했다. 부모는 "그래, 너만 재미있게 잘 살면 된다." 했고, 나는 "애도 아니고 네가 알아서 잘 살겠지. 연락이나 자주 해." 했다.

마흔 중반의 동생이 아이를 가졌다는 연락을 받았다. 내게도 조카가 생긴다는 기쁜 마음과 너무 늦은 건 아닐까 하는 걱정되는 마음이 동시에 일었다. 동생의 목소리는 들떠 있었다.

'그래 네가 좋으면 됐다.'

조카가 태어난 후 실체는 있었지만, 우리에겐 유령과 같은 존재였던 동생의 남편을 만났다. 그렇게 한 번에 두 명의 가족을 새로 맞았다. 아기 울음소리를 들어본 것이 오래전 일이었던 가족은 웃는 날만 있을 거라 기대했다. 조카가 5개월쯤 되었을 때였다.

"언니, 와서 나랑 아기 좀 살려줘." 문자만 덜렁 남겨 놓고 전화도 받지 않는 동생.

덜컥 겁이 났다. 동생의 집까지 무슨 정신으로 갔는

지 기억나지 않는다. 문 앞에서 벨을 누르고 문이 열리기까지 그 짧은 시간. 온몸의 솜털까지 곤두서고, 이마와 등줄기를 타고 흐르는 땀으로 피부는 소름이 돋았다.

가정폭력이었다. 아기와 동생을 경찰에게 맡기고 집으로 돌아와 밤새 울었다. 절대 떨어지지 않겠다는 듯이 둘이 하나가 되어 꼭 끌어안고 있던 아이와 그 엄마의 눈이 생각나서.

이혼을 위해 폭력을 증명해야 하는 건 피해자의 몫이었다. 모든 게 정리되기까진 1년이 넘게 걸렸다. 1년 동안 동생과 아기는 제부가 찾을 수 없도록 우리와 떨어져 보호소에 살며 가끔 우리 집에 와 머물렀다. 빨리 해결되지 않는 일에 애가 탄 엄마는 병이 나누웠다. 이런저런 상황에 지쳐가던 아빠는 급기야 나를 다그치기도 했다. 뾰족한 수가 없었던 동생이 자세히 설명하기를 거부하고 있었으므로 엄마, 아빠는 동생보다 쉽게 만날 수 있는 나를 보챘다.

"네가 좀 더 신경 쓰고, 어떻게 되어 가고 있는지 좀 알아봐."

기다려야 한다고 그 방법밖에 없다고 말해 보았지

만 두 분을 안심시킬 수는 없었다. 돌도 안된 아기까지 있으니 두 분의 마음을 이해 못 하는 건 아니지만, 나라고 편했겠는가. 내가 할 수 있는 일이 없었다. 동생의 남편에게서 오는 전화에 이미 지쳐 있던 터라 빨리 해결할 방법을 생각해 보라는 아빠의 말에 성이 났다.

"나한테도 말 잘 안 해요. 시간이 걸리는 일이라잖아. 나보고 뭘 하라고?"

"네가 엄마 노릇 해야지. 엄마가 아파서 저러고 있는데 네가 해야지. 빨리 해결해야지."

난 그저 엄마 아빠가 이룬 가정에서 먼저 태어난 큰딸이고, 언니일 뿐이다. 엄마를 대신해 성인인 동생의 엄마 역할을 해야 한다는 아빠의 말을 인정할 수 없었다.

"왜? 내가 엄마는 아니잖아."

아빠를 향해 소리 질렀다. 그 밤 나는 다시 밤을 꼬박 새웠다.

나만 잘 살게요

가끔은 말이다. 다 버리고 싶다는 극한의 이기심이 싹을 틔우기도 한다. 모질게 먹은 마음이 한여름 아스팔트 위로 떨어진 아이스크림처럼 빠르게 녹아버리긴 하지만.

입술 사이로 나와버린 말이 허공에 스미며 흩어져버렸다. 무언가 잘못되었다고 느꼈지만 늦었다. 다시 그러모아 담을 수 없었다. 이미 상대방의 귀에 깊숙이 박혀버린 말.

"다 신경 쓰고 싶지 않아. 그런 일로 연락하지 마. 나라도 편하게 잘 살게."

입에서 나온 말이 본심이 아닌 것을 스스로 잘 알면서도 더 강하게 한 마디 붙이는 심정은 뭘까? 알량한 자존심? 아니면 이것도 저것도 싫은 귀찮음? 도움을 줄 수 없다는 무기력함이 몰려와 차라리 아무것도 모르고 싶었다. 알게 되면 온 신경이 그 일에 집중되어 내 감정이 내 생활이 뒤엉키게 된다. 그것이 싫다. 내게 소중한 사람들이긴 하지만, 그들이 내 일상의 중간중간에 장애물을 세우는 것 같았다. 그것도 내 힘으로는 몹시 해결하기 어려운 것으로. 가끔은 지나치게 감정 이입이 되는 내 성격을 탓하기도 했고, 가끔은 그들을 탓하기도 했다. 누구에게나 오는 일련의 사건이라며 자연스럽게 받아들일 생각은 전혀 하지 않았다.

'왜? 내 친정에만 이런 일이' 라며 시작되는 자기연민이 얼마나 해로운 것인지 몇 번의 경험을 통해 익히 알면서도 쉬 고쳐지지 않았다.

그날의 일은 호르몬의 탓일 터였다. 그렇게라도 핑계를 둘러대야 내 맘이 편할 테니까.

집에 잠깐 들르겠다는 동생의 전화. 달갑지 않았다. 모든 걸 혼자 결정하고 제 마음대로 살다 아이를 혼자 키우기 힘들다며 "언니, 이제 언니가 갑이고 내가 을이야." 하며 근심거리와 함께 돌아온 동생. 아빠의 퇴직 이후 꿈을 접게 하고, 엄마에게 황혼 육아를 맡기는 동생이 미웠다. 오지 말라는 내 말을 무시하고 찾아온 동생은 혼자가 아니었다. 현관문을 열자 나를 보며 웃고 있는 세 사람. 아니 멀뚱멀뚱 나를 바라보는 조카(내 속을 다 아는지 조카는 내게 정을 붙여주지 않았더랬다)까지 네 사람의 모습이 안쓰러웠다. 그 모습이 나를 제정신이 아니게 만들었다. 옷도 제대로 챙겨 나오지 못해 내가 준 헐렁한 옷을 입고, 아기를 안고 있는 동생. 그 옆에 마음고생으로 얼굴이 까맣게 변한 엄마, 그 뒤로 살이 없어 얼굴뼈의 형태를 그대로 보이며 어색하게 웃고 있는 아빠. 낯선 보호소에서 돌을 맞이해야 하는 조카를 보자 가슴 깊은 곳까지 꾹꾹 눌러 참고 있던 감정이 터져버렸다. 신발을 벗고 들어서는 그들에게 악을 썼다.

"오지 말라고 했잖아. 보기 싫다고 오지 말라고. 각자의 일은 각자 해결하자고."

마치 미친 사람 같았다. 셋은 앉지도 못하고 서서 소리 지르는 나를 그저 바라만 보았다. 조카는 울기 시작했다. 참다못한 동생이 먼저 신발을 신고 나가며.

"그만해. 가면 되잖아." 엄마는 동생을 따랐다.

"뭐가 그렇게 화날 일이야!" 아빠는 내게 묻는 건지, 아니면 혼잣말인지 모를 말을 하고 있었다. 한 곳에 있지 못하고 방황하던 내 몸은 설거지를 찾아 싱크대

앞에 섰다. 잡은 그릇을 세게 내려치며 아빠에게도 소리쳤다.

"아빠도 나가. 아무 말도 하지 말고 가."

문 닫히는 소리와 함께 꼿꼿하게 서 있던 허리가 구부러졌다. 장이 꼬이는 것 같았다. 심장을 주먹으로 쥐어짜는 느낌이 이럴까? 다시는 보지 않을 사람처럼 가족을 보내버린 내게 몸이 벌을 주었다.

한동안 친정 가족들을 안 보고 살았다. 그러면 몸도 마음도 편할 것 같았는데, 그러지 않았다. 인정하기 싫어서 더 여유로운 척했으며 더 웃는 척했다.

"처제 어떻게 되고 있어? 아기 돌은 여기서 해야지."

"궁금하면 직접 전화해 봐. 난 전화하기 싫어. 돌도 애 엄마가 알아서 하겠지!"

남편의 물음에 차갑게 대답하면서도 돌아오는 조카의 생일을 기다리고 있었다. 미리 사둔 돌 반지를 어떻게 전해야 할까 고민하며. 안 보고 살면 걱정으로 불편하고, 보고 살면 화가 나는 아이러니. 이러한 감정의 회오리 속에서 중심을 잡지 못하고 이리저리 휘둘리는 나는 흡사 덜 자란 사춘기 아이 같은 행동을 반복했다. 걱정되는 마음은 화로 표현하고, 보고 싶은 마음은 보기 싫다는 말로 표현했다.

 제집에 들어갈 수 없는 동생. 돌상을 놓을 공간이 마땅치 않은 부모님의 집을 두고 조카의 돌은 우리 집에서 조촐하게 차려졌다.

 '나만 잘살게요' 외치던 내 이기심이 졌다.

 아무 일도 일어나지 않을 때 가장 행복하더라는 한 여배우의 말처럼 더는 어떤 일도 벌어지지 말고 제발 다 같이 잘 살기를 바랄 뿐이다.

내가 사는 두 가지 세상   ***

나의 친정엄마가 여느 엄마와 같지 않은 것처럼 나의 시어머님도 여느 시어머니들과 다르다. 내가 남편을 만난 순간부터 내겐 엄마가 둘이었다. 감정 표현을 잘 하지 않는 김포 엄마, 당신의 감정에 충실한 인천 엄마. 나는 시어머니를 엄마라 부른다. 호칭을 중요시하는 분들에게 가끔 따가운 눈초리를 받기도 하지만, 그게 무슨 대수겠는가? 여전히 30년 넘게 나에게 어머니는 그저 엄마일 뿐이다. 어머니의 어머니를 보내드리고 얼마 후, 저녁 준비를 하던 어머니가 목멘 소리로 조용히 말씀하셨다. 친정에 모진 딸인 나를 어머님이 훤히 꿰뚫어 보고 나무라시기라도 하는 것처럼.

"엄마, 아빠한테 잘해. 너희들 할머니 살아 계실 때는 잔소리도 많이 하고 다투기도 했는데, 지금은 몹시 보고 싶고 후회가 되네. 왜 그렇게 뭐라고 했는지 몰라.” 하셨다.

“네.” 뜨끔한 마음을 애써 누르며 짧은 대답을 하고, 그릇에 반찬을 덜어 담는 어머님의 뒷모습을 바라보았다. 나와 눈을 마주하지 않기 위해 뒤돌아 있는 듯 보였다. 감정을 잘 드러내지 않으시던 어머님의 낯선 모습. 어머님도 누군가의 딸이었음이 새삼 느껴졌다. 뒤이어 내 마음 한구석에 자리하고 있는 내 부모에 대한 복잡한 심경이 따라왔다. 어머님 말씀이 옳다고 마음은 언제나 말한다. 전에 없이 엄마를 생각하는 순간순간이 많아지기도 했다. 모시고 영화라도 보러 갈까? 이런 음식 드셔보긴 했을까? 하는 등. 생각과 다른 그렇지 못한 행동에 스스로 머리를 쥐어박고 싶어지는 날들이 허다해서 문제일 뿐이다. 성인이 된 아이들에게 가끔은 부끄럽다. 내 행동이 올바르지 않다는 걸 잘 알고 있으니 말이다.

며느리라는 이름표를 달고 이 나라에 살고 있는지라 친구들과 만나면 남편 흉을 보기도 하고 시댁 이야기를 늘어놓기도 하지만, 나는 친정보다 시댁이 더 편하다. 결혼 초에는 시댁이라는 어려움에 들썩이는 엉덩이를 다스리지 못했다. 여러 가지 핑계를 만들어

집에 가자며 남편에게 눈치를 주기도 했다. 지금은 친정의 앉은 자리가 그렇다. 친정 가족에게 전폭적인 사랑을 받는 남편은 나보다 더 친정을 편하게 생각하니 나의 눈치가 통할 리가 없지만 말이다.

나의 두 가지 성격은 시댁과 친정을 오가며 극과 극으로 바뀐다. 마치 자석의 양극처럼.

시댁에선 N극과 S극이 만난 듯 굴고, 친정에선 가까이 다가가려고 많은 힘을 억지로 줘 봐도 결국 튕겨 나가 버리는 N극과 N극이 된다. 친정엄마는 상상도 못 할 것이다. 50이 넘은 나이의 맏며느리인 내가 시댁에선 아직 코 먹은 소리로 어머니를 엄마라고 다정하게 부르는 모습을. 시아버님을 아버지라 부르며, 친정과 나누어 먹을 "매운 고추 주세요. 파 주세요" 하며 허물없게 구는 나를 말이다. 친정에서 내 모습은 마치 기숙사 사감 선생님의 모습을 연상케 하는지도 모른다. 맏딸의 책임감이라고 불러도 좋고, 죄책감이라 할 수도 있을 테지만, 독립을 준비하는 자식을 대하듯 부모와 동생에게 퉁명스러운 잔소리를 한다. 남편은 가끔 "얼굴에 힘 좀 빼." 하며 굳어있는 내 표정을 나무라며 핀잔을 주기도 한다. 왜 그러는 걸까? 싸우고 토라지더라도 다음날이면 무슨 일이 있었냐는 듯 내 부모, 내 동생이 더 편안하게 느껴져야 하는 게 당연한 것을.

시댁에서 난 그저 오롯이 자식의 역할만 하면 된다. 내 머리카락 속에 숨겨진 흰머리와 눈가에 그어진 주름을 보며 아버님은 "내 며느리도 이렇게 늙어가네." 하시지만, 머리가 하얗게 센들 우린 그저 자식일 뿐이다. 두 분에겐.

한해 한해 지날수록 어머님 아버님의 나이도 내가 먹은 만큼 채워지는 안타까움은 어쩔 수 없지만, 건강하신 두 분은 여전히 독립적이며 활동적이시다. 두 분의 사는 모습을 보고 내일을 걱정하거나 화가 날 정도의 속상함은 느껴보지 못했다. 반면, 친정에서 난 철없는 자식 흉내조차 내지 않는다. 누울 자릴 보고 다리를 뻗으라고 했다. 삶이 고단한 내 부모에게 어리광을 부리거나 등을 기댈 수 없다. 오히려 나와 남편에게 많이 의지하고 있음을 알기에.

내겐 아버지 두 분 엄마 두 분이 계신다.

시부모님은 25년을 우리의 먹거리를 위해 사계절 내내 애쓰셨다. 친정 부모님 또한 26년을 나를 키우느라 애쓰셨음을 알고 있다. 한쪽에선 살갑게 또 다른 쪽에서 무뚝뚝한 내가 달라지는 일은 시간이 걸릴 테지만 내가 사는 이 두 세상을 뭉뚱그려 하나의 세상으로 만들어 가는 중이다.

조금 멀어져도 괜찮아   ***

찬 바람이 힘을 잃었다. 내리쬐는 햇빛에 몸이 나른해지는 한낮. 뜨거워진 땅 위로 올라오는 공기가 스멀거리는 계절이 왔지만, 마음속이 따뜻함으로 채워지는 일은 때가 되면 돌아오는 계절처럼 자연스럽게 되지 않는다. 아무리 큰일을 겪더라도 시간이 지나면 기억도 희미해지고, 감정도 무뎌지게 마련인데, 퇴색된 자리를 좋은 기억들로 채우는 데는 다소 시간이 걸린다는 것이 아쉽다. 책꽂이 빈자리에 좋아하는 책을 마음대로 채우듯 감정도 그럴 수 있으면 버럭 화를 내는 일은 없을 것이다.

버스를 타면 30분, 빠른 걸음으로 두 시간 남짓이면 도착하는 곳에 부모님과 조카, 동생, 네 식구가 살고 있다. 크게 마음을 먹지 않아도 움직일 수 있는 거리다. 반나절 동안 충분히 왕복할 수 있지만, 동생이 집으로 돌아온 후 내 의지로 내 발로 한번을 찾아가지 않았다.

집을 떠나 있던 터라 자주 보지 못해 훌쩍 자란 듯한 조카가 어린이집을 가야 할 시기가 왔다. 아이 보낼 곳을 알아보던 중 엄마가 말했다.

"나는 솔직히 네 옆으로 오고 싶다. 애랑 애 엄마 다 데리고."

내가 느낀 당혹스러움이 얼굴에 비쳤을까 엄마는 바로 말을 거둬들였다.

"아니다. 너 여기서 자리 잡고 잘살고 있는데, 괜히 엄마 왔다 갔다 하면…."

말을 끝맺지 못하는 엄마와 흔쾌히 그러자고 대답하지 못하는 나 사이에 침묵은 길었다.

오다가다 마주치는 횟수가 줄어 잊어버리고 살고 있지만, 내 주변에는 아직 20년 전 그들도 같이 살아가고 있다. 나도 그들도 이제 많이 변해 서로 알아볼 수 없을지도 모르겠다.

"엄마, 이 동네 말고 좀 떨어진 곳에서 사는 게 좋지 싶어."

엄마는 약하게 혀를 찼고, 뒤이어 깊고 긴 한숨을 뱉

었다. 엄마를 위한 말인 척, 진심은 나를 위한 말이었다. 지난 경험들이 일어나지도 않은 앞으로의 일들을 미리 두렵게 만들기도 했다. 모두가 그렇지는 않겠지만 친정과 가까이 살면서 나와 엄마의 사이는 꽤 불편해졌었다. 이런저런 일들이 생겨서 그랬을 테지만, 옆에서 모든 걸 보고 듣지 않았다면 난 엄마를 더 깊이 이해하려고 노력했을지도 모른다. 지금과는 다르게 무조건 엄마 편을 드는 다정한 딸이 되었을지도 모를 일이다.

사람과 사람 사이엔 어느 정도 거리가 있어야 한다. 더욱이 나 같은 성격의 사람들에겐. 남편의 말을 빌리자면 난 혼자 있기 좋아하고 만남을 겁내는 참 모난 성격을 가진 사람이다. 가족이라고 해서 이런 성격이나 생각에서 예외가 되지 않는다.

남편과 단둘이 산 것이 2년이 다 되어간다. 네 식구가 복작복작 살 때는 몰랐던 고요가 좋다. 그러니 혼자 있는 시간이 지루할 리 없다. 원래 소극적 인간관계를 좋아하는 터라 외로움도 잘 모른다. 피할 수 없는 모임의 끝은 언제나 후회와 피곤함으로 지쳐버린다. 한 달에 한 번 올까 말까 한 아이들의 방문이지만 그 또한 그리 반겨 맞이하지 않는다. 한 번은 작은 아이가 이틀 동안 집에 머문 적이 있었다. 하루가 채 지나지 않은 저녁. 지난 2년 동안 늘 하던 일상적인 행동들이 조심스러워 머뭇거리게 되는 나를 보았다. 아이는 나름의 스트레스로 편안함을 찾아 집으로 왔을 테지만, 아이의 기분과 표정을 살피는 일이 내겐 하나의 일처럼 느껴졌다. 늦은 시간까지 거실을 차지하고 앉아 있는 아이를 피해 방으로 들어오며 남편에게 말했다.

"자기야, 나 이제 애들하고 한집에서 못 살겠어."

남편은 내 투정이 우스운지 피식거리며 묻는다.

"나도 그래. 언제 지 집으로 간데? 그런데, 왜 속삭여?"

평소와 다른 목소리로 속삭이는 서로가 우스워 다시 숨죽여 웃었다.

내 아이와 부모가 그리고 가족이 싫어서 그들을 곁에 두지 않으려는 것이 아니다. 아직은 삐걱대지만 이제야 자리를 찾아가고 있는 각자의 생활을 조금 멀리서 서로 지켜봐 주고 응원해 주는 것이 현명하지 않을까? 가깝게 붙어살며 서로 의지하는 삶이 더 좋아 보일 수도 있다. 또 그렇게 사는 이들도 많을 테지만,

우리 가족은 조금 멀리 떨어져 살아야 서로에게 좀 더 애틋하다. 엄마에게서 오는 전화를 반갑게 받을 수 있는 거리. ‘이모’ 하며 영상통화를 걸어오는 조카의 전화를 기다리게 하는 거리. 얼굴을 마주할 때는 하지 않던 ‘엄마, 아빠 사랑해요. 안녕히 주무세요’ 하는 아이들의 카톡 메시지가 반가운 거리. 문득 부모님이 생각나 ‘저녁 드시러 오세요’ 하면 한 시간 안에 올 수 있는 딱 그만큼의 거리가 적당하다.

가끔 그리워하는 것이 자주 귀찮아하는 것보다 더 관계에 이롭다.

조금 멀어져도 괜찮다.

미워하는 사람을 닮는다   ***

고등학생이 되고서야 엄마의 진짜 나이를 알았다.

"넌 엄마 나이도 모르냐?" 하던 이모의 말.

엄마의 나이가 어리다는 것엔 놀라지 않았다. 단지 왜 나이를 속였을까? 하는 것이 더 궁금했지만 묻지 않았다. 엄마도 아무 말 없이 넘겨버렸다. 엄마에게도 사정이 있었겠지만 속았다는 배신감이 드는 건 어쩔 수 없었다.

엄마는 열여덟 따뜻한 봄날에 엄마가 되었다. 스물일곱 추위가 한창이던 겨울에 나는 엄마가 되었고, 동시에 엄마는 할머니가 되었다. 엄마는 마흔다섯 살이었다. 어린 엄마에서 젊은 할머니로 불리는 이름이 달라졌다.

자라면서 엄마를 닮았다는 소리보다 아빠를 닮았다는 소리를 더 많이 들었다. 엄마의 쌍꺼풀과 둥근 얼

굴이 아닌 아빠의 날카로운 눈과 각진 턱을 물려받았
다. 어린 시절 엄마의 눈을 닮았으면 했던 내게 그나
마 위안이 되었던 말은

"큰딸이 아빠를 닮아 잘 살겠네." 이었다.

엄마가 할머니가 되었던 나이인 40대 중반부터 내
게서 엄마가 보였다. 처음 만난 사람도 우리가 모녀
사이인 것을 한눈에 알아볼 정도로 말이다. 어린 나이
에 그렇게나 닮기를 바라던 엄마의 쌍꺼풀이 중년이
되면서 생겼다 사라지기를 반복하더니 자리를 잡았
다. 아침에 부스스 뜬 눈으로 보면 거울 속 나는 엄마
와 판박이다. 입술 양쪽으로 늘어지는 볼살, 미간 사
이에 생긴 주름 수까지 닮았다. 주방에서 음식을 하거
나 쪼그려 앉아 빨래할 때, 입술을 삐죽 내밀며 앙다
무는 습관도 같다. 전화 속 목소리, 웃음소리, 하다못
해 음식을 씹는 입 모양까지 닮아가고 있다.

한때는 외모가 점점 닮아가는 것이 큰 스트레스였
다. 엄마를 보는 것만으로도 화가 나던 때는 매일 엄
마와 함께 있는 것 같아 힘들었다. 닮아가는 외모처럼
내 삶도 엄마처럼 고될 것 같아 두려웠다. 엄마의 삶
에 대해 측은한 마음을 가질 효녀의 심성이 내겐 없

었다.

"장모님, 언제 오셨어요?"

장난기 많은 남편은 듣기 싫다고 말하는 내 모습을 보며 한마디 더 한다.

"그 표정은 더 똑같아."

보통 나와 다툴 때나 내가 심술을 내고 있을 때 이 말을 하는 것을 보면 엄마와 난 웃을 때보다 화낼 때 또는 기분이 안 좋을 때 더 닮아 있는 듯하다. 엄마의 외모와 성격 그리고 식성까지 쏙 빼닮은 나는 천상 엄마의 딸이다. 백번을 엄마와 닮아가는 것이 싫다고 말해도 그 백번은 다시 내가 엄마의 딸임을 증명해 줄 뿐이다.

큰아이가 태어나던 날, 시아버지를 쏙 빼닮은 아기 얼굴을 보며 돌아가신 시댁 외할머니가 하신 말씀이 있었다.

"우리 손주며느리 너희 시아버지 되게 미워했구나! 왜 이렇게 아버지를 쏙 빼닮았을까?"

웃으시며 놀리듯 나를 당황스럽게 했던 '미워하는 사람 닮는다'라는 그 말이 요즘은 근거가 있는 말일 지도 모른다는 생각이 든다. 엄마를 그리워하고, 엄마가 사라질까 겁내던 그때. 엄마가 나를 봐 주기를 바라던 어린 시절 나는 엄마와 달랐다. 엄마를 한창 미워하고 원망하던 중년의 나는 하루하루가 지날수록 더욱 엄마가 되어갔다. 닮지 않았다고 말하고 나면 더 그렇게 되어 있었다. 잠들어 있는 동안 내 얼굴 위로 누군가 엄마 얼굴을 덧칠해 놓는 것처럼 말이다. 매일 나는 거울 속에서 지금의 내 나이였던 과거의 엄마 모습과 현실의 나를 동시에 만난다. 아니라고 하면 할수록 더 같아졌다. 그래서 바꿔보기로 했다. 거울 속의 엄마를 그리고 거울 밖의 나를 편안하게 바라보는 것부터 시작하자. 엄마를 미워해서 닮은 것이 아니라 내가 엄마의 일부여서 점점 엄마가 되어가고 있다는 걸 인정하면 편한 일이다. 그게 더 쉽다. 엄마에게 모난 말을 하는 이유는 마음을 표현하는 방법을 잘못 배운 탓으로 돌린다. 사랑한다는 말을 하며 다정스레 안아주는 딸은 아닐지언정 미워하지 않기로 했다. 엄마를.

어쩜, 엄마를 떠올리면 무겁게 가라앉는 마음을 미움이라 착각하고 있는 것일지도 모르겠다. 두 아이의 엄마인 50대의 나는 곧 70을 바라보는 나의 엄마를 쏙 빼닮아 가고 있다.

내가 원하든 원하지 않든 그렇게 되어가고 있다.

"왜?" 말고 "여보세요"   ***

"왜? 지금 바빠."

휴대전화에 저장된 많은 번호 중 딱 두 개의 번호에만 이렇게 대답한다. 엄마와 동생에게만. 성격도 삶을 대하는 태도도 완전히 다른듯하지만, 나와 많이 닮아 있는 두 여자에게서 오는 전화에 반응하는 나의 태도는 차갑기 그지없다. 전화벨이 울리는 당시의 기분과는 상관없다. 받자마자 왜? 전화기 너머 상대방의 기분은 괘념치 않는다.

"언니, 너 좋은 일 있다며? 우리 집 와서 밥 먹어. 내가 살게."

동생은 아무렇지 않게 본인이 목적한 바를 이룬다. 어차피 갈 거면서 꼭 한 번은 바쁘다며 거절한다. 이미 머릿속으로는 시간을 조정하고 있으면서도 마지못해 승낙하는 척하는 것도 버릇이 되었다.

"오래 안 잡아 와서 저녁 먹고 가 어차피 저녁은 먹을 거 아냐? 형부도 같이 와."

내 속을 다 꿰뚫고 있는 동생 앞에서 하찮은 자존심을 세우는 부질없는 짓을 하곤 했다.

"생각해 보고."

전화를 끊고 나면 '철없는 애도 아니고 왜 이런 객기를 부리나 모르겠네' 하며 후회하지만, 생각과 행동이 일치하지 않는다. 이성이 행동을 지배한다면 후회할 일이 없겠지만, 언제나 감정이 이기기에 후회도 쌍둥이처럼 붙어있다.

부모님과 동생이 합가한 지 이 년이 다 되어간다. 서로 부딪히고 으르렁대던 싸움도 이제 잠잠해졌다. 엄마의 목소리도 다시 높은음을 찾았고, 아빠도 캠핑카를 몰며 전국 일주는 못하더라도 좋아하시는 등산 다닐 여유가 생겼다. 내게 있어 가장 큰 변화는 동생과 엄마의 전화를 받을 때 더는 두근거리지 않는다는 것이다. 휴대전화 화면에 뜨는 번호를 보고 받을까 말까를 수십 번 고민하던 때가 있었다. 그러다 전화벨이 멈춰버리면 씁쓸한 마음이 한순간 훅 밀려온다. 받지 않았다는 미안함인지 울리던 벨 소리가 사라졌다는 안도감인지 모를 그런 쓸쓸함. 뒤이어 엄마의 전화번호를 휴대전화 화면에 띄워놓고 통화 버튼을 누를까 말까 고민하던 순간들이 많았다. 이랬던 내가 아주 서서히 변했다.

"왜?"

"엄마가 칼국수 사서 가려고 하는데 지금 너 집이야?"

전화 받는 나의 말투는 변함이 없지만, 엄마의 제안을 거절하지 않는다.

"그래요. 아빠도 같이 오셔?"

포장된 칼국수 두 그릇을 들고 환하게 웃으며 들어오는 두 분의 모습에도 무뚝뚝한 나는 다정하게 맞이하기는커녕 또 맘과 다른 말을 뱉는다.

"더워 죽겠는데. 칼국수를 들고 왜 여기까지 와?"

"같이 먹으려고, 맛있으니까."

잠깐 시간이 되어 집에 와 있던 딸까지 네 사람은 맛있다를 연발하며 더운 여름날 뜨거운 칼국수를 배부르게 먹었다. 커피 한 잔씩 드시고는 조카의 하원 시간이 되었다며 일어나려는 두 분을 보니 나도 모르게 '어휴' 하는 작은 한숨이 나왔다. 별거 없는 냉장고 문을 열어 엄마 손에 딸려 보낼 것을 찾았다. 서둘러 반찬 하나를 만들어 통에 담고, 담가 놓은 양파장아찌와 김포 엄마가 보내주신 마늘종 장아찌를 덜어 담았다. 냉동실에 얼려 두었던 콩을 꺼내고, 사 두었던 영양제를 함께 담아 아빠 손으로 넘겼다. 조카 돌보랴. 살림하랴. 이 더위에 지쳐있을 엄마의 수고가 조금이라도 덜어지기를 바라며.

시집간 딸은 살림 도둑이라는 말이 있다. 난 오히려 시댁의 살림 도둑이 맞을 테지만.

"맨날 우리가 가져가네. 거꾸로 된 것 같아." 주섬주섬 짐을 챙겨 나갈 준비 하던 아빠가 말씀하셨다. 그러고 보니 여느 시집간 딸들처럼 나는 친정에서 뭔가를 바리바리 싸 온 기억이 별로 없다. 그럴 사정도 아니었고 말이다. 누구면 어쩌랴. 부모가 자식을 챙기면 어떻고, 자식이 부모를 챙기면 어떤가? 할 수 있는 사람이 하면 된다.

딱딱한 목소리로 하는 '왜' 말고 반가움을 담아 '여보세요' 하며 전화를 받을 수 있는 순간이 멀지 않았기를 바랄 뿐이다.

눈 맞추기

***

"이모가 좋아? 엄마가 좋아?"

조카와 동생은 얼음 가득 든 커피 두 잔과 먹음직스러운 빵이 놓여있는 테이블을 사이에 두고 나와 마주 앉아 있었다. 둘은 뜨거운 햇빛을 피해 시원한 도서관 놀이마당에서 실컷 놀고 난 후였다. 카페 의자에 앉아 간식을 먹으며 흔들흔들 발장난을 하는 조카에게 다정함을 가득 담아 물었다. 혹시나 하는 기대를 하며 당연히 답이 정해져 있는 질문으로 22개월 조카에게 첫 시련을 준 것이다. 내 얼굴은 쳐다보지도 못하고 쑥스러운 듯 얼굴을 구기며 "엄마가" 라고 대답한 후 고개를 숙인다. 나는 짓궂게 엄마 품에 얼굴을 묻은 조카의 이름을 다시 불러 눈을 맞추며 말했다.

"진짜? 이모 슬프네…."

미안한 듯 나를 보며 배시시 웃는다. 나에게 정을 잘

주지 않더라도 예뻐하지 않을 수 없는 존재인 것이다. 떠올리는 것만으로도 슬픔과 기쁨을 동시에 주는 너무 작은 나의 조카다. 나를 자꾸 다른 사람으로 변하게 하는 힘을 가진 아이의 눈을 한참 바라보았다.

조카의 눈을 똑바로 바라보며 짓궂게 굴던 난 사실 타인의 눈을 잘 바라보지 못한다. 어쩌다 마주친 눈동자는 상대방이 눈치채지 못하지만 흔들리다 금세 아래로 떨어지기 일쑤다. 자신감이 없어서 일 수도 있고, 나를 다 보여주기 싫다는 무의식일 수도 있는 이런 행동은 사람들과의 관계에선 득보다 실이 많다. 이런 내가 조카의 눈을 똑바로 바라볼 수 있는 것은 아마도 친정 가족들을 대하던 내 행동을 아이는 알지 못한다는 안도감 때문일지도 모른다. 지금의 나만 아는 유일한 가족인 조카.

나를 비추고 있는 아이의 맑고 밝은 눈동자를 유심히 바라보다 문득 생각했다. 엄마, 아빠의 눈동자 색은 어땠지? 부모님과 얼굴을 마주하고 눈을 바라보며 대화를 나눈 게 언제지? 생각이 거듭될수록 슬프게도 악을 쓰고 싸웠던 기억만 떠올랐다.

그 밤 엄마를 닮은 나의 눈을 한참 바라보았다. 지금

까지 내 몸의 창 역할을 했을 눈에 맑음은 보이지 않았다. 선명함도 뚜렷함도 없다. 시력은 나날이 떨어져 마치 덜 닦인 뿌연 유리창을 통해 밖을 보는 것과 같다. 여기저기 피곤함의 흔적인 붉은 핏줄이 서 있어 누렇다 못해 붉었다. 내 눈에서 보이는 세월이 두 분의 눈에서도 보이리라는 짐작은 어렵지 않았다. 이상한 건 날카로웠던 아빠의 젊은 눈, 쌍꺼풀 진한 어린 엄마의 동그랗고 큰 눈만 기억날 뿐 지금의 엄마 아빠 눈은 떠오르지 않았다. 한참 동안 두 분의 눈을 바라보지 않았다는 방증일 테다. 오랫동안 우리의 눈 맞춤은 사라지고 없었다.

바라보지 않으면 알 수 없다. 바라보지 않으면 느낄 수 없다. 꼭 말이 아니어도 된다. 몸을 움직여 행동으로 표현하지 않아도 된다. 이전의 내가 아닌 달라지려고 노력하는 내가 어색하고 부끄러워서 말로 그리고 행동으로 표현할 수 없다면 그저 바라보는 건 어떨까?

조카를 바라보던 눈빛과 표정으로 부모님과 동생을 마주한다면 그들도 느낄 수 있을 것이다. 시간이 모든 걸 하나씩 해결해 주고 있다. 예민하게 받아들이던 친정의 사건들도 편안하게 받아들일 수 있게 되었

다. 내가 뭔가를 해야 한다는 생각은 하지 않기로 했
다. 하지 않아서 생기는 미안함도 더는 담아두지 않기
로 했다. 스스로 해결해야 할 그들 각자의 몫인 것이
다. 내가 할 일은 돌아오는 주말. 내가 해준 밥이 제일
맛있다는 엄마를 위해 조촐하게 저녁을 차려놓고, 아
빠가 좋아하시는 시원한 막걸리 두 병을 준비해 두는
것. 부산스러운 행동도 수다스러운 말도 없이 좋아하
는 반찬을 두 분 앞으로 밀어놓는 것이면 된다. 그리
고 조용히 식사하시는 두 분의 많이 탁해져 있을 눈
을 바라보는 것 그거면 충분하다.

　이젠 나로 살면 된다.

5장.
비로소
나로 살기

하고 싶은 게 많은 나이　　　***

'틀딱'이라는 말을 들어본 적이 있는가?

처음 이 말을 들었을 때 받은 충격은 무척 컸다. '꼰대' 나 '라떼'처럼 고지식한 어른들을 이르는 말은 익히 들어 알고 있었지만, 이 신조어는 뭐랄까? 좀 더 인신공격적인 것 같아서이다. 짧지 않은 시간 동안 공부방에서 함께했던 아이들은 성격도 자라온 환경도 달랐다. 처음 만난 아이들에게는 하고 싶은 게 뭔지, 좋아하는 게 뭔지 꼭 묻곤 했다. 몇 명의 아이들을 제외하고는 한가지 공통점이라고 말할 수 있는 건 하고 싶은 게 없다는 것이었다. 반대로 아이들의 나이가 어려질수록 싫다는 건 많았다. 집에 가기 싫다. 학교 가기 싫다. 담임선생님 얼굴이 보기 싫다. 반 친구 누가 싫다. 아빠의 담배 냄새가 싫다. 엄마의 잔소리가 싫다. 요즘 가장 많이 듣는 살기 싫다 등등.

가끔은 이런 생각이 든다. 지금의 아이들은 결핍을 모르고 모든 게 완벽하게 채워져 있어서 사소한 성취감이 주는 즐거움을 모르는 건 아닐까? 내 조언은 아이들에겐 그저 '틀딱'의 소리인 걸 매번 느끼지만, 다시 한다. 하고 싶어도 할 수 없을 때의 절망적인 마음을 전달하려 하지만 그들에게 통할 리 없다. 역시 잔소리일 뿐.

어린 시절 나는 하고 싶은 것도 갖고 싶은 것도 많았다. 노래하고 싶었고, 멋진 제복 속 군인이 되고 싶기도 했다. 영화를 만드는 사람들 속에 섞이고 싶기도 했고, 소설가가 되고 싶기도 했다. 다만, 원하는 것을 졸라 얻어내는 것보다 착한 맏딸이라는 소리에 만족하며 자라는 쪽을 택했다. 꿈을 이루기 위해 노력할 만큼 부지런하지 않았다. 현실에 만족했다. 그게 더 쉬웠다. 그러다 보니 도전하지 않았으며 무기력했다. 뭔가를 열심히 하지 않고 게을렀다. 물론 성취감이라는 것도 몰랐다. 그렇게 누워서 하고 싶은 게 없다며 보낸 시간이 너무 아깝지만, 이 마음을 아이들에게 전달할 방법을 몰라 답답하다. 이들도 사실은 하고 싶은 게 너무 많은 건 아닐까? 그중에서 선택하지 못해 힘이 드는 거라면 차라리 좋겠다.

이런저런 삶의 문제들을 해결하느라 젊어서만 할 수 있는 일들이 있다는 걸 이제야 알게 되었다. 지난날 나는 자신을 위해서는 참 성실하지 않았구나! 하는 후회도 밀려왔다. 지금은 뭔가 시작하기에 너무 늦은 건 아닐까 하는 두려움도.

나의 두 아이가 집을 떠나면서 해야 할 일들이 줄었다. 열과 성의를 다해 아이들을 키웠다고 말할 수 없지만, 두 자리가 비어버리니 시간이 넘쳐났다. 한동안은 누워서 시간을 허비했다. 그러다 생각했다. 지금, 이 순간 내가 하고 싶은 게 뭘까? 돈이 아까워서 할 수 없었던 것들, 또는 용기가 없어 못 했던 것들을 이제 나도 하나쯤은 시도해 봐도 될 것 같았다. 남는 시간에 지난 일을 생각하며 원망의 대상을 찾다 보면 생각 속 미움이 현실로 나타났다. 이런 시간은 누구보다도 내게 독이 되었다. 쓸모없는 생각들을 툭툭 털어내기로 했다. 누구의 눈치도 보지 않고, 부모에게 미안해하지도 않고, 내가 하고 싶은 것을 찾아 경험해 보기로 했다.

혼자 공연 관람하기, 집 아닌 곳에서 혼자 하룻밤 보

내기, 기타 배우기, 복싱 배우기, 글쓰기, 독서 모임 참여하기 등. 어쩌면 아주 사소한 것들일 수 있지만, 내겐 모두 처음인 것들. 해 보고 싶었지만, 할 수 없다고 생각했던 것들. 용기가 필요하지만, 커다란 용기를 낼 필요가 없는 것들. 고작 두 시간 반이 걸리는 거리를 가면서도 수없이 교통 노선을 살피고 가족이 없다는 두려움에 숙소의 잠금장치를 수십 번 확인하기도 했다. 하나씩 지워지는 목록만큼 자신감은 채워졌다. 남편에게 늘 하던 말인 "난 하고 싶은 게 없어"라는 말은 이제 "나 다음 주말에 집에 없어"로 바뀌었다. 용기를 내어 글쓰기 수업에 참여한 경험 덕분에 새로운 재미를 알았다. 지금은 그것을 맘껏 즐기고 있다. 가끔은 거룩한 부담으로 다가오는 글 쓰는 재미를 말이다. 하고 싶던 것을 해 보고, 새로운 것을 찾아 채워 넣는 일도 생활을 활기차게 만들었다. 나를 돌아보는 시간도 자연스레 많아졌다. 원망하고 우울해하는 데 쓰는 시간을 이제 내게 쓰고자 한다. 20대도 30대도 그렇다고 40대도 아니지만,

지금 나는 하고 싶은 게 많은 나이니까.

크게 웃을 줄 아는 사람   ***

나란히 앉아 영화를 보다가 남편의 옆구리를 쿡 찔렀다. 영화관에 울리는 '하하하' 하는 남편의 너무나 큰 웃음소리에 놀라 순간 나온 행동이었다.

"너무 크게 웃지 마!" 남편의 귀 가까이 다가가 말했다.

"재밌잖아. 재미없어?"

나를 노려보는 남편의 눈을 피해 스크린으로 고개를 돌렸다. 그 뒤로도 몇 번 더 남편은 큰 소리로 웃고, 박수를 보태며 즐거움을 맘껏 표현했다. 내 생각에 그 공간에서 가장 크게 웃는 사람이었다. 아무도 신경 쓰지 않을지 모르지만, 그 옆의 나는 그의 웃음소리와 그걸 들을 다른 관객들이 무척 신경 쓰였다. 감정 표현에 솔직한 것은 남편의 장점이자 단점이다.

웃으라고 작정하고 만든 코미디 영화를 보면서도 웃지 말라는 나를 남편은 이해 못 하는 게 당연하다.

즐겁기 위해 온 장소에서도 남의 눈치를 보고 있었다.

내가 살아온 인생의 반을 같이 산 부부지만 참 서로 다르다. 소리 내어 울지 않는 나는 웃는 것 또한 낯선 사람들 앞에선 크게 웃지 않는다. 한때는 절대 웃으면 안 된다고 생각했다. 경제적으로 어려웠을 때, 엄마가 사라졌을 때, 그리고 동생의 삶이 평탄치 않았을 때는 나의 웃는 모습이 너무나 어색했다. 억지로 쥐어짜는 웃음. 입만 웃고 있는 경직 된 얼굴이었다. 그러니 웃지 않을 수밖에. 행복을 생각하며 살아야 했는데, 반대로 생각하며 살고 있었으니 웃을 일이 있을 리 만무했다. 늘 화난 사람 같았다. 긍정적이지 못 했던 지난날이었다.

휴대전화를 들고 짧은 동영상을 넘기며 보고 있던 내게 남편이 말했다.

"뭐가 그렇게 재밌냐? 너무 큰 소리로 웃는 거 아냐?

내가 껄껄껄, 까르르, 큰 소리로 웃고 있었다. 배까지 움켜잡고.

남편이 내게 자주 하던 말이 있다.

"웃을 일이 생기면 크게 웃어. 웃음을 왜 참아. 즐거워서 웃는 게 아니라 웃어서 즐거운 거란 말도 몰라?"

이런 남편의 말에도 습관처럼 웃을 일이 뭐 있냐며. 웃긴 일도 없다고 말하던 내가 하루를 마무리하고 침대에 누워, 아이들에겐 하지 말라던 휴대전화를 손에 꼭 쥐고 배꼽 빠지게 큰 소리로 웃고 있던 것이다. 순간 민망해져 휴대전화를 내려놓았다.

17살부터 나를 옆에서 지켜보았던 친구는 내 얼굴이 10년, 20년 전보다 더 좋아 보인다고 말한다. 피부색도 표정도. 그중 가장 듣기 좋은 말은 "너 요즘 편해 보여"다. 아무 일도 일어나지 않는 평범한 일상에 익숙해지고 있는 요즘은 말 그대로 참 편하다.

지난 글에서도 언급했지만, 나의 화난 모습은 엄마와 쏙 빼닮았다. 엄마의 인생이 잠시 나의 인생을 심히 흔들어 놓았을 당시 우리는 웃지 못하는 것까지 닮아갔나 보다.

내 얼굴에 새겨진 나를 바꾸기 위해 사용할 수 있는 가장 쉬운 방법이 하나 있다. 즐거울 때 즐거워하는 것. 웃길 때 눈물이 찔끔 흐를 정도로 웃는 것이다. 찡그린 표정 때문에 미간에 새겨진 세로 주름은 없애고 많이 웃어 생기는 눈가의 가로 주름을 만들어 봐야겠다. 슬퍼서 슬퍼하고, 웃고 싶지만 울어야 했던 지난 시간은 과거일 뿐이다. 이런 작은 변화들이 나를 좀 더 긍정적이고 밝은 사람으로 만들어 줄 것이라 기대해 본다.

내 삶과 부모의 삶을 언제나 동일시해서 생기는 죄책감, 책임감 그리고 감정의 변화에서 벗어날 때가 되었다. 해결해 주지 못해 불편하고 불편해서 보고 싶지 않았던 그들의 인생과 어느 정도의 거리를 두고 그저 묵묵히 지켜보는 쪽을 택했다. 지금도 웃지 못하는 엄마에게도 웃음이 전염되기를.

앞으로 일어날 일들을 미리 끌어다 걱정하며 생기는 무뚝뚝한 말투, 세상의 근심을 모두 담고 있는 것 같은 표정으로 표현하던 어두운 감정 대신, 부드러운 미소로, 가끔은 박장대소로 그리고 가끔은 온몸으로 그동안 표현하지 않으며 감추던 즐거운 감정을 맘껏 쏟아내 보는 건 어떨까? 모든 게 처음은 어색하겠지만 차차 자연스러워지리라.

웃지 못하는 사람은 없다. 그저 웃지 않는 사람이 있을 뿐.

크게 웃을 줄 아는 사람이었다. 나는

조금의 사치, 커다란 만족   ***

지금껏 겪었던 일 중 가장 잊어버리고 싶은 일은 가난 때문에 엄마가 사라졌을 때도 아니고, 빚쟁이들에게 시달릴 때도 아니다. 십 원짜리 떡볶이 한 가닥이 먹고 싶어 친구 집에서 백 원을 훔쳤던 일이다. 그 반짝이는 백 원 동전의 유혹을 이기지 못해 한 일. 그깟 백 원이라고 할 수도 있겠지만, 지금 생각해도 무척 부끄러운 일이었다. 나의 아이들이 이 글을 읽지 않는다면 이 사실은 평생 모를 일이다.

얼마 전까지 내 유일한 사치는 매일 한 잔씩 마시는 커피였다. 사치라고 해 보았자 이천 원 이하의 저가 브랜드 커피로만. 어느 날, 친구와 카페에 들렀다. 마실 것을 고르는 내게 친구가 말했다.

"맛있는 거 마셔. 달콤하니 부드러운 이런 거." 하면서 풍성한 크림이 잔뜩 들어간 음료를 가리킨다. 나는 고개를 절레절레 흔들며 말했다.

"아메리카노가 제일 맛있어."

내가 돈을 내던 상대방이 돈을 내던 선택은 항상 같았다. 아메리카노 커피에 비교하면 배로 비싼 음료 가격이 아깝기도 했지만, 먹어본 것들이 아니어서 먹고 싶다는 마음이 아예 생기지 않았기 때문이다. 무엇이든 먹어보고 그 맛을 알아야 먹고 싶다는 마음도 드는 것일 테니까.

요즘과는 달리 한때 나는 먹는 시간도 자는 시간도 아까워한 적이 있었다. 잠을 쫓을 수 있는 가장 쉬운 방법은 커피를 입에 달고 사는 것이었다. 지금은 건강이 염려되어 하루에 한 잔으로 줄이려 노력하고 있지만, 젊을 때야 건강보다 돈 버는 게 더 중요했던 터라 잠은 그리 중요치 않았다. 큰 부담 없이 하루에 한 잔씩 먹을 수 있고 양도 많은 노란 간판 (컴**, 메*, 빽** 등) 커피가 그저 좋았다.

글쓰기를 시작하면서 낯선 사람들의 이야기를 듣는 일이 많아졌다. 누군가의 삶과 역경은 나의 그것보다 훨씬 더 힘들고 비참했지만, 그들의 마음은 나보다 건강했다. 삶의 태도를 돌아보는 시간이 많아졌으며 그에 따라 생각도 많아지게 되었다. 나를 둘러싼 사방을 둘러보지 않던 시간, 웃을 일이 전혀 없다고 생각하던 시간, 하고 싶은 것이 없다고 말하던 시간이 아쉬웠다. 아까웠다. 나만 애쓰고 있다는 옹졸한 마음의 울타리를 만들어 나를 가두어 두었음을 알아버렸다.

'이제 좀 편하게 살고 싶다.'

조금은 즐기고, 조금은 누리고, 더 많이 즐겁게 살아도 되겠다는 마음의 변화가 일었다.

몸에 밴 익숙한 행동들과 마음가짐을 한 번에 바꾸기란 쉽지 않은 일이었다. 한 발 앞으로 나갔다가도 다시 원래 위치로 돌아오기를 반복했다. 제 자리를 뱅뱅 돌고 있는 것 같았던 그 반복 속에서도 조금씩 내 속에서 달라짐이 생겨나고 있었다.

각자의 상황이 달라 사치라는 말의 기준은 정확히 무엇이라 정의하기 어렵다. 지난날 사천 원이 넘는 고가의 커피를 마시는 건 내겐 사치가 분명했지만, 어제 나는 카페에서 천원 더 비싼 라떼를 주문했다. 가끔은 이름도 생소한 비싼 음료(가격과 만족감이 항상 비례하지는 않는다)를 시켜 보기도 한다. 시간 절약이라는 이유로 항상 짧게 자르던 머리카락을 길러 이름있는

미용실에 가 굵은 웨이브로 멋을 내보기도 하고, 얇아
지고 부러진 손톱을 가진 투박한 손을 남에게 맡기는
호사를 누리기 위해 두세 달에 한 번 예약한다. 돈이
아까워서 그리고 시간이 없어서 미루고 미루던 운동
을 하기 위해 체육관에 가 고민 없이 카드를 긁는다.
　올겨울에 갈 여행지를 고르며 남편에게 물었다.
　"나 일도 줄였는데, 이렇게 돈 써도 될까? 좀 걱정되네."
　"이건 낭비가 아니야 충전이지."
　'충전? 그래 충전이지.' 속으로 되뇌었다. 뭐라고 말
해도 좋을 이 조그만 사치가 요즘 나를 살맛 나게 하
고 있다.

이렇게 좋을 줄 알았다면　　　***

'더 빨리할걸. 이게 뭐라고 그토록 망설이고 두려워
했을까?'

30대. 건강하지 못했던 마음 치료를 위해 의사는 운
동을 권했었다.

"운동 좀 해 보는 게 좋을 것 같아요."

의사는 쉽게 하는 말이 내겐 무척이나 어려운 일이
었다. 매일 아침 눈 뜨기조차 버거운데 운동을 하라
니. 그냥 약이나 잔뜩 줬으면 했다. 당시엔 아이들이
너무 어렸다. 내 정신이 올바르게 자리 잡고 있어야
했으므로 매주 정해진 요일에 병원을 방문했다. 꼬박
꼬박 약을 먹었고, 매번 새롭게 결심을 해가며 억지로
온 힘을 내어 운동을 다녔다. 얼마 지난 후 깨달았다.
그 의사는 돌팔이가 아니었다는 걸. 체력이 좋아지며
나날이 마음도 가벼워져 갔다.

요즈음 TV에서 20대 여자들의 복싱 도전기가 방영
되고 있다. 복싱은 '내가 하고 싶은 것들' 목록에 들어
있는 것 중 하나다. 그래서일까? 이 프로그램을 보고
있자면 엉덩이가 들썩이고, 가슴에선 뭔가가 두근거
리며 요동친다. 나도 저들처럼 하고 싶다는 강한 부러
움. 그리고 지금은 너무 늦었을까 하는 망설임이었다.
누군가 옆에 없을 땐 예전에 배웠던 복싱 동작을 혼
자 해 보기도 했다. 퉁퉁하게 살이 오른 몸에서 나오
는 복싱 동작의 모습이 어찌나 우습던지. 내가 보기도
민망한 모습에 다시 할 수 있을까? 하는 의구심이 들
어 결심과 포기를 반복했다.

지금. 그때 다 하지 못했던 운동을 다시 시작했다.
예전처럼 의사가 시켜서도 아니고, 아픈 마음을 치료
하기 위해서도 아니다. 스스로가 원해서. 마음이 원해
서. 가장 간절하게 내 몸이 원해서 복싱장의 문을 두
드렸다. 하지만 언제나 그렇듯 얻는 게 있으면 내어주
는 것도 따라 생기기 마련이다. 일반 직장인들에게 맞
춰진 운동 시간은 내 업무시간과 겹쳐 있었다. 하고
싶은 걸 하기 위해서 내 시간을 조정해야 했다. 그러
자니 수입은 당연히 줄어들었다.

얼마 전까지만 해도 수입이 줄어드는 건 엄청난 스트레스를 동반했다. 괜히 화가 났다. 내가 부족한 사람 같고, 노력하지 않는 사람처럼 느껴지곤 했다. 심지어 살 수 없을지도 모른다는 생각까지 들곤 했다. 그런데 웬일인가? 기분이 좋다. 내가 꽤 오랫동안 가져보지 못했던 저녁 시간을 여유롭게 보낸 후 체육관에 가기 위해 운동복을 차려입는 나는 조용히 흥얼거리고 있었다. 자주 시계를 확인하며 운동 가야 할 시간을 기쁘게 기다리고 있었다. 너무나 놀라운 변화였다.

'그래, 이제 하고 싶은 것 좀 하고 산다고 해도 누가 뭐라고 안 할 거야.'

실은 누구도 나에게 하고 싶은 거 참고 살라고 강요하지 않았다. 오히려 남편은 매번 말했다. 하고 싶은 걸 찾으라고. 건강하게 웃으며 살라고.

오래전에 배워 두었던 자전거 타는 법은 세월이 지나도 몸이 기억한다고 한다. 내 몸이 그랬다. 어설프고 정확하진 않아도 몸이 기억하고 있었다. 예전과 달리 무게가 늘어난 터라 속도가 느리고 숨이 턱까지 차올랐지만, 줄넘기, 스텝, 기본 동작을 다시 배우는 순간을 즐기고 있었다. 잘할 수 있겠다는 자신감이 충

만했다. 방금 샤워한 듯이 땀 흘리고 난 후 기분은 수능 킬러 문항을 20분 이상 걸려 풀어낸 후 느끼는 쾌감과 같았다. 행복했다. 지금과 같은 시간을 가질 수 있음이 감사했다. 근육이 빠지고 지방만 남아있는 삐걱대는 허리와 무릎이 잠시 속을 썩이기도 했지만, 주 3회 하루도 빠지지 않고 출석 도장을 찍은 덕에 40여 일 만에 몸무게는 5kg 감량하였다. 체력은 좋아졌다.

 "일이 많이 줄어서 어째?" 하는 지인들의 걱정이 간혹 예전의 나를 다시 불러오기도 하지만 그건 잠시뿐이다. 예전 같았으면 상상조차 하지 못했던 나의 태도였다.

 복싱할 때, 내 머릿속은 빈 상자와 같다. 아무 걱정도 들어있지 않은 곳. 지금부터 긍정의 것들로 내가 채워 넣으면 되는 깨끗한 빈 상자 말이다. 복싱 수업이 없는 날엔 공원을 뛴다. 러닝이 대유행이라더니 그 말을 나와보고서야 실감했다. 공원에 있는 사람 중 1/3은 달리고, 1/3은 맨발 걷기를 한다. 모두 건강에 진심인 사람들이다. 나의 이런 변화를 가장 반기는 남편이 러닝메이트를 자처했다. 남편의 달리기 속도와 맞지 않는 나와 뛰는 것이 아마 무척이나 지루하고 힘들 텐데도 비가와도 같이 나와 주는 남편이 있어 포기할 수 없다.

"팔을 더 많이 움직여. 조금만 더 조금만 더. 넌 할 수 있어."

하는 추임새를 넣어 기운 빠지게 하는 것만 빼면 그 저 고마울 뿐이다.

걷기도 잘 하지 않았던 터라 처음엔 2km를 쉬지 않고 천천히 뛰기를 목표로 시작했다. 러닝은 3km 로 늘어났으며 이제 목표는 4km이다. 내년쯤이면 10km를 남편과 같이 뛸 수 있을지도 모르겠다. 저녁 시간은 이런 것인가 보다. 각자의 자리에서 열심히 일 한 후, 하고 싶던 일들로 나를 가꾸고 아끼는 데 보내 는 시간.

핑계 만들어 미루다 못해 결국 포기하는 거 말고 하 고 싶을 때 바로 시작해 보는 일이 이렇게 좋을 줄 알 았다면 더 일찍 시작해 볼 걸 그랬다.

한 발 더 세상 속으로   ***

사진 찍히는 걸 좋아하지 않는다. 사진 속 나는 거울 속 나와 다르다. 더 어둡다. 밝게 웃으려 노력할수록 더 침울해지는 기괴한 표정이 되었다. 못생겼다. 그 속의 나를 보고 있으면 현실의 나도 그렇게 되는 것 같았다. 그땐 그게 싫었다.

30대 중반이 되었을 때, 동창 찾기 붐이 일었었다. 내가 알기를 그때 알았던 건지도 모르겠지만, 나도 이 물결에 편승해 초등학교, 중학교 동창을 찾았더랬다. 이미 많은 동창이 학교 이름으로 단체방을 만들어 연락을 주고받고 있었다. 처음엔 새로운 세상이었다. 밤낮으로 문자나 카톡으로 연락을 주고받을 때는 반가웠다. 추억이 떠올라 가끔은 설레었으며 가난해서 싫다고 했던 그 어린 시절이 미치도록 그리웠다. 시간이 지나면서 전화 통화를 하고, 번개를 하고, 여행을 가자는 의견들이 나오면서 나는 그들 속에서 빠졌다. 그리운 친구도 있었다. 만나고 싶은 맘도 없진 않았지만, 그들을 만날 자신이 없었다.

옷깃만 스쳐도 인연이라는데. 6년을 그리고 3년을 같이 했던 아이들과의 인연은 장롱 깊은 곳 또는 책장 구석에 자리한 다시 보지 않는 졸업 앨범처럼 그냥 묻어 두었다.

'왜 그랬을까 뭐가 그렇게 자신 없었을까?'

숨어들기만 했던 순간들. 그러면서 내 눈앞이 어둡다고 했다. 천적에게 쫓기다 머리만 나뭇잎 사이에 숨기는 꿩과 뭐가 다를까? 한 발짝 더 내밀어 세상 속으로 나갔더라면 지금처럼 편안해진 맘을 조금 더 일찍 누렸을지도 모를 일이다. 50이 되면서 이제부터는 다르게 살아보자 생각으로 시작한 도서관 프로그램이 내겐 전환점이 되었다. 언제나 도서관은 그 자리에 있으면서 문을 열어놓고 있었을 텐데, 보이지 않았던 이유는 내 맘의 문이 열리지 않아서였을 터였다. 망설임과 떨림을 이겨내고 시작한 낯선 이들과의 대화는 새로웠다. 내 속에 담아두고 꺼내어 말하지 못했던 솔직한 마음의 단어들을 글로 썼다. 엉킨 실타래가 풀리는 시원함이 이런 느낌일지 모른다. 내 안에서 항상 부글거리던 화가 사그라들고, 상대방의 흠만 찾아내려 애쓰던 눈길은 어느새 장점을 찾으려 애쓰고 있었다. 시각화된 단어들이 나를 선명하게 보여주고 있었다. 그와 동시에 부모, 남편, 아이들의 마음까지도 들여다볼 수 있도록 넓은 창이 되어 주고 있었다. 원망을 표현하는 단어를 하나 뱉어내면 이해를 말하는 단어 하나가 빈자리를 채워 쌓였다. 그렇게 서서히 느리게 달라져 가고 있었다.

내 부모의 사는 모습을 보노라면 지금의 이 편안함이 그리고 안락함이 무척이나 죄스럽다. 누군가는 이해하지 못할 내가 내게 주는 책임감인 것이다. 이런 마음에서 벗어나려고 애써봤자 결국 제자리다. 놓지 못할 거라면 그 감정을 있는 그대로 받아들이기로 했다. 그리고 나를 더 돌보기로 했다. 내 마음을 전보다 한 번 더 쓰다듬어 주기로 했다.

카톡 소개 사진조차도 내 얼굴은 절대 올리지 않던 나. 아무도 나를 모르는 곳에 가 살고 싶다던 나였다. 이런 내가 지금은 일상의 글을 써 브런치에 올리고, 남들의 사는 모습이 부러워질까 쳐다도 보지 않았던 인스타에 문화생활을 공유한다. 좋은 카페, 여행지, 숨기고 싶은 다이어트 기록까지 블로그에 올리며 쓰는 행위로서 타인에게 나를 보여주고 있다.

"사람 고쳐 쓰는 거 아니다."

라고 말한다. 이 말이 맞는 말일 수도 있다.

어쩌면, 많이 변한 지금의 내 모습은 변한 게 아닌지도 모르겠다. 아마 원래의 내 모습이었을 수도 있지 않을까? 나조차도 몰랐던 내 모습.

이 글을 쓰는 지금도 한 발 더 내밀고 있다. 힘들게만 느껴지던 세상 속 사람들 곁으로.

더 좋아질 내일을 기다립니다

조금만 움직여도 땀이 흐르는 무더운 날씨지만, 휴가철이라는 분위기가 집순이인 나의 마음도 들썩거리게 만드는 요즘이다. 얼마 전 예약해 놓은 네일샵에 가기 위해 맘이 분주했다.

일단의 손톱 손질을 끝내고 묻는다.

"무슨 색으로 할까요? 맘에 드시는 색 찾으셨어요?"

파란색 금색 은색의 반짝이가 섞여 어쩌면 촌스럽기도 한 화려한 색을 가리키며

"휴가 갈 거니까 눈에 확 띄는 이걸로요."

손질이 끝난 후, 손의 위치를 이리저리 바꿔가며 손톱을 살피던 나는 너무 화려한 색이 어색해 웃음을 멈추지 못했다.

삶은 여전히 안달복달이다. 매일 같은 날인 듯 다르다. 오늘도 나는 엄마, 아빠의 안부가 궁금하면서도

전화하지 않는다, 조카의 목소리가 듣고 싶고 얼굴이 보고 싶지만, 남편에겐 아니라고 말한다. 겨울의 변덕스러운 날씨처럼 마음이 어떤 날은 따뜻함에 녹아내리듯 여유롭고, 또 다른 날은 매서운 날씨에 웅크리며 얼어붙는다. 내 것임에도 마음대로 조정하지 못하는 것이 마음이다. 나의 바람은 작은 소나기조차도 내리지 않는 고요한 일상이지만, 누군가는 다르게 말한다. 아무 일도 일어나지 않는다면 살아가는 재미가 없지 않겠냐고. 인정하긴 어렵지만 부럽기는 한 어떤 이들의 태도다.

예전보다 많이 나아졌다고 하더라도 내가 느끼는 이 사회는 아직 장남, 장녀에게 많은 짐을 지운다. 호주제가 없어지고, 출산율이 낮아지며 맏아들, 맏딸의 의미가 더는 그 힘을 가지고 있진 않더라도 중년의 우리는 여전히 그 짐을 짊어지고 있다는 사실을 부인하기 어렵다.

누군가 그렇게 하라 말하지 않더라도 맏이들은 스스로 의무감을 부여하기도 한다.

이것은 긴 세월을 거치며 습득되어 피를 타고 흐르는 유산인 듯도 하다.

장녀로 태어난 모두가 나와 같지 않을 테지만, 아들 없는 가난한 집의 맏딸로 태어나 자라면서 힘들고 어렵게 생활을 이끌어 가는 부모를 보았다. 가난한 부모를 원망하기도 했고, 그들을 불쌍하게 생각하던 때도 있었다. 미움인지 측은함인지 모를 감정은 어릴 때부터 내 심장에 뿌리를 내린 혼란스러움이었다. 친정과 얽힌 복잡한 여러 가지 문제들은 나를 돈에 끌려가는 사람으로 만들었다. 그러다 보니 젊은 날들은 빚을 갚고, 아이들을 키우고 바닥까지 떨어진 가정경제를 끌어올리는 것에 집중했다. 다시 돌아올 수 없는 나의 30대 그리고 40대.

큰 강을 하나 건넜다 싶으면 잠시 뒤 작은 산이 나타나고 그 앞에 큰 언덕일지 너른 들판일지 알 수 없는 또 다른 뭔가 나타나는 게 인생이다. 모험심 강한 누군가는 알 수 없는 앞날을 기대하며 반길 테고, 그것에 도전하기를 주저하지 않을 것이다. 두려움 많은 누군가는 선뜻 맞서지 못해 오히려 모른 척할 수도 있다. 선인과 악인의 경계에서 이러지도 저러지도 못하면서 갈등만 하는 나 같은 사람도 있을 수 있을 테고.

전자건 후자건 맏이건 그렇지 않건 모두는 더 좋은

내일을 기다리겠지.

인터넷에서 내일 날씨를 찾아볼 수 있는 것처럼 앞으로 일어날 일을 찾아서 미리 막아낼 수 있다면 좋을 테지만 그럴 수 없다. 걱정과 화를 구분해야 한다. 걱정을 화로 표현하는 것 대신 느끼는 감정을 있는 그대로 표현하는 것도 노력이 필요하다.

끊어낼 수 없는 관계라면 조금 느슨하게 거리를 두는 것도 괜찮다. 완전히 미워할 수 없다면 차라리 사랑해 버리면 쉽다. 할 수 있는데 하지 않고 미루고 있는 것이 힘들어 오히려 해 버리면 속이 시원해지는 숙제처럼 말이다.

나이가 들수록 아름다워 보이는 것이 많아지는 이유는 보아왔던 날들보다 볼 수 있는 날들이 더 적기 때문이라고들 말한다. 봄날의 새순. 한여름 뜨거운 햇빛. 지루한 장마. 짧은 가을 바스락거리는 낙엽. 겨울에 내리는 새하얀 눈을 몇 번 더 만날 수 있을지 모르지만, 오늘보다 내일은 더 웃었으면 좋겠다. 오늘보다 내일은 더 솔직했으면 좋겠다.

죄책감인지 책임감인지 모를 부담스러운 감정은 툭툭 털어내고 엄마와 동생을 그리고 나를 바라보고 싶다. 남편을 바라보는 아빠 눈빛 속에 담긴 미안함을 느끼고 싶지 않다. 눈을 맞추고 근심 없이 웃을 수 있다면 더할 나위 없겠다.

어떤 일이 생길지 알 수 없는 하루하루지만, 주어진 자리에서 내 역할을 하며 오늘보다 더 좋아질 내일을 기다리고 있다.

살다 보면

초판 1쇄 인쇄 2026년 02월 19일
초판 1쇄 발행 2026년 02월 19일

지은이   류지연

기획   글로성장연구소
디자인   포레스트 웨일
펴낸이   포레스트 웨일
펴낸곳   포레스트 웨일
출판등록   제2021 - 000014 호
주소   충청남도 아산시 탕정면 용머리길 40 유니콘101 216호
전자우편   forestwhalepublish@naver.com

종이책   979-11-94741-90-9

작가님들과 함께 성장하는 출판사
포레스트 웨일입니다.
작가님들의 소중한 원고를 받고 있습니다.
forestwhalepublish@naver.com